徳間文庫

一橋桐子(76)の犯罪日記

原田ひ香

徳間書店

目次

第一章　万引

今日、トモが死んだ。

トモ、というのは、二重の意味を含んでいる。文字通り、友達の友であり、知子《ともこ》のトモでもあるから。

そして、今日、というのは嘘で、昨日でもなくて、トモが死んだのは一ヶ月前だ。

でも、そんなふうに心の中で思ってしまう程度に、一橋桐子《ひとつばしきりこ》は文学少女であった。

トモとは高校からの付き合いだったが、その人生はなかなかにきついものだった。

夫は暴力亭主ということはないけれど口うるさい男で、彼女は苦労していた。

一度、新宿のデパートで、彼女が大きな荷物を持たされて夫の後ろを歩いているのを見たことがある。トモの歩みが遅れると、「お前！　何しているんだ！」と人目もはばからず怒鳴っていた。挨拶《あいさつ》はしないで、そっと離れた。

　また、彼らが四十代で新居を建てた時、家のお披露目で学生時代の友人たちと遊びに行って少し長居した。いつもより早く帰宅した夫に「おじゃましてます」と挨拶したら、それを返しもせず、ぷいっと二階に上がってしまった。

「ごめんなさいね、疲れているんだわ」

　トモが平謝りするのがつらかった。彼女が慌てて夫の後を追い二階に行くと、「何してるんだ！　主婦のくせに、いつまで遊んでるんだ！」と怒鳴っている声が聞こえた。

「つい長居してごめんね。私たちの方が失礼だったのよ」

　そそくさと帰途についた。

　今で言うなら、パワハラだとか、モラハラだとかいうのだろう。

　彼女は彼の生前には、一度も愚痴《ぐち》らしい愚痴を言わなかった。それが長患《ながわずら》いののちにやっと死んだ。

　お互い、七十三になっていた。

「お葬式に来てくれてありがとう」

　亡き夫の四十九日がすんだ頃、トモが電話で連絡をしてきた。

「香典《こうでん》返しを渡したいから、会えない？」

「もちろんよ」

二人で、新宿の高層ビルの中の喫茶店で待ち合わせをした。

「きれいねえ」

トモは階下の景色を見て、しみじみと言った。

なんだか、すっきりした顔だと思ったのを今でも覚えている。真っ青な空、白い雲、新宿の高層ビル街、目を細めているトモ。

「もう大丈夫なの？」

桐子は尋ねた。

「ええ。大丈夫」

「本当に？　家族が亡くなるといろいろ忙しいし、寂しいものよねえ」

両親を看取《みと》っている桐子は言った。

「何かできることがあったら……」

「あのね」

めずらしく、トモは桐子の言葉をさえぎった。

「ん？」

「お願いしたいことがあるの」

「何？」

そして、彼女は桐子を見て、にっこり笑って言った。

「一緒に住まない？」

「え？」

「二人で一緒に住まない？」

「どうして？」

「住みたいから！」

あの時、自分がウサギだったら、耳がぴょこんと立って赤い目を丸くしただろう、と思う。絵本の中みたいに。

驚いたけど、すぐに答えた。ほとんど何も考えなかった。

「いいわね！」

「いいでしょう？」

「でも、お子さんたちはいいの？」

トモには、二人の男の子がいた。長男は官僚、次男は大手鉄道会社に勤めている。トモが手塩にかけて育てた立派な社会人だ。

「いいの。これからは好きなように生きるの」

あの日、トモは輝いていた。

埼玉県の、池袋から東上線で四十分ほどの一軒家。築五十年近い古さだが、駅から徒歩十分、家賃四万五千円。二人で割れば、年金だけでも暮らすことができる。

それでも、「働けるうちは働きたいよね」と言い合って、桐子は池袋の雑居ビルの清掃、トモは駅前のスーパーで働いていた。トモは生涯で初めての仕事だったけど、頭が良く、素直で気が利《き》く人だからすぐに慣れ、最年長ながら皆の人気者になっていた。

食事を作るのは昔から料理が好きな桐子（ずっと家族の食事に追い回されてきたトモはもう料理は作りたくないと言った）、きれい好きで手先の器用なトモが掃除と洗濯、お裁縫をした。

トモがスーパーの残りの惣菜《そうざい》をもらってきてくれることも多かったので、それとビールだけですますこともあった。二人ともグルメなわけでもなく、スーパーの惣菜に発泡酒で十分幸せだったのだ。

ただ、月に一度の贅沢《ぜいたく》をのぞいては。

桐子はそうでもなかったが、トモはむやみに甘い物が好きで、毎月、都内のホテルのデザートビュッフェやら、ランチビュッフェに行くのが趣味だった。

桐子も嫌いではなかったし、最近のデザートビュッフェにはパスタやピザもあるので、きれいで流行の料理が食べられるのは本当に楽しかった。

ビュッフェの情報はトモが探してくる。スーパーのお休み時間に休憩室のテレビを観たり、若いアルバイト店員に聞いたり、雑誌を本屋で立ち読みしたりするらしい。

そして、「ねえ、来月は品川のホテルに行かない？」「立川にいいビュッフェがあるらしいわ」と誘ってきた。パート先でも、トモがビュッフェの情報をたくさん知っているというのは有名で、デートの場所を探していたり、友人と行きたいという若い人たちによく教えてあげていた。

ホテルのビュッフェに行く時、二人は少しだけおめかしをした。

トモは次男がレストランウエディングを挙げた時に新調したシルクのスーツ、桐子は亡き母の着物を直して作ったワンピースを着た。さらにトモは真珠のネックレス、桐子は柔らかなパステルカラーのビーズをつないだネックレスをする。手には革のハンドバッグ、丁寧《ていねい》に化粧して、お互いに「いい色ねえ、よく似合うわねえ」と褒《ほ》め合って家を出る。

そして、質の良い生クリームや、濃厚なチョコレートをお腹《なか》いっぱい味わった。

帰りには必ず、ホテルのトイレやフロントに立ち寄った。ただで座れる時には、フロント前のソファに座ってしばらくおしゃべりしたりした。ふかふかのソファや豪華なシャンデリアは日々の疲れを洗い流してくれる。

高級ホテルとビュッフェをたっぷり堪能《たんのう》して、「おいしかったねえ」「来月も行きたいわね」「おトイレの内装は大理石だったわね」などと言いながら、帰りの電車に乗り込む。

「ねえ、今日食べたもので一番おいしかったの、なあに？」

トモはそう必ず訊《き》いた。

「私はね、スイスチョコレートのケーキ。チョコレートクリームの味が濃くておいしかった。イタリア栗《ぐり》のモンブランもよかったけど」

「私はあれね、スモークサーモンのサンドイッチ。ちゃんとクリームチーズを使っていたから、とびきりおいしかった」

「やっぱり、あなたは辛党ねえ。じゃあ、甘い物の中で一番好きだったのは？」

「イチゴのショートケーキかしらね。生クリームが甘さ控えめで」

「あれは私も好きだった。それに、確かにスモークサーモンのサンドイッチ、よかったわね。私も甘い物じゃなかったら、あれが一番だわ」

「でしょう」

「口の中が甘くなったら、サンドイッチを食べるでしょ。そしたら、また甘い物を頰張《ほおば》れるの。いくらでも食べられてしまう」

二人はしばらくはその日の話をし続けた。

苦労という意味では桐子も負けてはいない。

桐子はずっと独身だった。歳《とし》の離れた姉が先に結婚して家を出てしまい、両親を一人で面倒見た。

好きな人もいないではなかったが、両親のいる家に来てください、とは言い出せなかった。桐子の煮え切らない態度に、彼らは離れていった。

とはいえ、トモに比べたらずっと楽な人生だと思う。

両親の介護は大変だったけど、実の親だ。どちらもおとなしい人だった。トモのように、義理の親やむずかしい夫に仕えたわけではない。

ただ、桐子の両親の介護が始まった時、それまで勤めていた仕事を辞めざるを得なくなり、二人が死んだあとも再就職ができなかったのはつらかった。それからずっと清掃のパートをしている。

両親を看取った疲れ、仕事が見つからない焦《あせ》り、そんなことが合わさって、財産分与の席で姉と仲違《なかたが》いしてしまった。半分に分けるのが当然のように振る舞う彼女に我慢ができなかったのだ。彼女が死んだ後も甥《おい》と姪《めい》とは音信不通になっていて、どこに住んでいるのかも知らない。

何か物が欲しかったわけではない。一言、労《ねぎら》いの言葉が欲しかっただけだった。桐子がそう言うと、姉は顔色を変えて「親元で年金を使ってぬくぬく暮らしてきただけじゃないの」と言い放った。姉には姉の言い分があったのかもしれない。けれど、桐子も今よりも若く、きつく言い返してしまった。

結局、実家を売った金を姉と二人で分けて、自分は小さなアパートに越した。浦和の駅から遠い、築五十年以上の実家はいくらにもならなかった。ビルのトイレを磨《みが》きながら、このまま孤独に死んでいくんだろうと諦《あきら》めていた。トモと暮らすまでは。

「一緒に暮らそう」と言われて、その日から人生がきらきら輝きだした。

それがこんなにあっさりと三年ほどで死んでしまうなんて。

トモの葬式が終わった後、まず不動産屋に相談しなければならなかった。

「このたびはご愁《しゅうしょう》傷様でした」

あらかじめ電話しておいたので、担当の相田《あいだ》さんはすぐに奥から出てきてくれた。四十代半ばの丸顔の男である。

「いえいえ、あなたも葬儀に参列していただいて……本当にありがとう」

そう礼を言ったが、トモの葬式をやったのは桐子ではない。トモの長男たちが家の近くの斎場で開き、桐子もまた参列者の一人であっただけだ。

小さなお葬式でも、相田を始めトモの職場のアルバイト学生たちも来てくれた。集まった人の多さに、家族の方がびっくりしていた。

「それであの家だけど、やっぱり、出なければいけないと思って」

ああ、と相田はうなずいたが、どこか予想はしていた顔だった。

「……残念ですねえ」

お世辞でもなさそうに、言った。

「お二人はきれいに暮らしてくださるし、お家賃の遅れもなくて、大家の門野《かどの》さんも喜んでいたんですよ」

最初に家を探した時、老女二人に貸してくれる大家はなかなかいなかった。

それでもトモの長男が保証人になってくれ、面会までしてやっと決まった。

門野はフリーライターで四十代の独身の女だった。同じような貸家やアパートをいくつかもっているのだと相田が教えてくれた。

最初は眼鏡《めがね》の奥からじろじろとこちらを見ていたが、トモと一緒に「これからは二人で暮らしたい」という気持ちを率直に話すと、「いいでしょう」とうなずいた。

「私も独り者ですから、人ごとではないですよ。お二人のように同居してくれる人がいたらいいなと思います」

そして、お茶を一杯飲んだだけで、すぐに出て行った。一度も笑わなかった。

「ああいう変わり者の大家さんで良かった」

彼女が帰ると、相田がそう言って笑った。

「あんな若い方が一人で不動産を持っていらっしゃるのねえ」

二人で感心していると、「あれで、なかなかやり手なんですよ」と相田が教えてくれた。

彼女もまた、葬式に来てくれた人の一人だった。

「実は、一橋さんは退去されるんじゃないかと大家さんとも話していたんです」

「ご心配かけて申し訳ありません」

二人の年金を合わせてなんとか暮らしていたのだから、誰でもそう予想できるだろう。

「いえいえ。でも、本当に残念だ。次はどんなところをご希望ですか」

相田は如才《じょさい》なく、桐子から条件を聞き出した。

清掃のパートをしている池袋から電車で四十分以内であること、駅から歩ける場所であること、できたら家賃三万以内……。

相田は同じ駅にある物件をいくつか見せてくれたが、もちろん、どこも築四十年以上の木造アパートである。風呂が付いていない物件もちらほらあった。そして、管理費を含めると、三万円をすぐに超えてしまう。

彼と話していると、トモと最初にここに来た時のことが次々と思い出された。

あの時は、希望に満ちあふれていた。二人でお金を出し合えば、少しはいいところに住めるのだ、と嬉しかった。相田が見せてくれた物件の中には、相場より少し安い、事故物件もあった。

「こういうのも、気になさらなければ」

「私は別にいいけど」

トモがおっとりと言った。

「そうねえ」

何気なくうなずきながら、桐子はおばけが怖かった。事故物件は嫌だったけど、うまく言い出せない。

「でも、こんなおばあちゃん二人が来たら、幽霊さんの方が落ち着かないわよねえ」

桐子の様子に気がついたのか、トモがそう言って断ってくれた。

あははははは、と声を合わせて笑った。何もかもが楽しくて、トモも桐子も笑ってばかりいた。

今は笑うこともほとんどない。

沈みがちな桐子の様子に気づいたのだろう。一通りの物件の情報を出してくれるだけで相田は強く勧めてこなかった。

「早く決めなくちゃ、と思うんだけど、何を決め手にしたらいいのかもうわからなくて」

「あと、これは言いにくいことなのですが」

相田が苦しそうな顔をする。

「新しい物件を探すことになると、保証人も新たにつけなければなりません」

「保証人……」

前は、トモの長男が保証人になったのだ。

「どなたか頼める方、いらっしゃいますか？」

「保証人ねえ……」

姉の息子と娘に頼めるわけがない。

「また、あの息子さんにお願いできませんか」

「トモの息子さん？　それは無理だわ」

彼女が死んだ後、迷惑はかけられなかった。

「じゃあ、保証会社も探さなければなりませんね」

「ええ」

「もしもできるならば、今の家に住み続けられたらどうでしょう?　大家さんも喜ばれると思いますよ」

「それは……」

さすがに金銭的に厳しい。

何から何まで、つらいことばかりだった中、彼が車で家まで送ってくれたのが、唯一の救いだった。「どこか、一軒でも内見してくださったら、そのあと、家までお送りしますよ」と言ってくれたのだ。好意に甘えることにした。

「もうどうでもいいような気がする」

一軒の物件を見たあと、車の中で桐子が思わずつぶやくと、わかります、とうなずいた。

「まだ物件はたくさんありますから。月末くらいまでにゆっくり決めましょう。また、新しいのが出たら、メールで送りますよ」

「ありがとう」

帰って行く軽自動車に何度も何度も頭を下げた。

引き戸をがらがらと開けて、独りぼっちの家に帰ってきた。

「ただいま」

誰もいなくても、つい、その言葉が口をついてしまう。

小さな作り付けの下駄箱がある玄関、すぐに二階に上がる階段があって、その下が便所だ。奥が台所と風呂になっている。

玄関の脇にも一部屋あって、そこは二人の居間になっていた。階段の上には二間あって、一人ずつ、部屋を使っていた。

下駄箱を開けると、もう、トモの靴はない。

一人分の靴だけが並ぶ靴箱は、ちょうど半分だけ埋まってる。庭先に出る時などに二人で使っていた、突っかけサンダルだけが彼女を偲《しの》ばせるものだ。

葬儀が終わった後、息子たちがやってきて、トモの荷物を根こそぎ持って帰った。

もちろん、何かもらおうと思っていたわけではないが……思い出に何か一つくらい置いていってくれたらいいのに、と密《ひそ》かに願っていた。彼らは桐子が差し出した荷物……洋服やバッグ類、靴、小さなタンス、手袋やアクセサリーの類《たぐ》いまで残さず、さっさと車に積んだ。

桐子は彼らに出そうと、ケーキとお茶を用意していたが、座る気配もなかった。

さすがに、台所の道具を「半分返せ」とまでは言わなかったけど、じろじろと部屋の中を眺めた。

「他にありませんか」

まるで、桐子がまだ何かを隠しているかのように言った。それで、「一つでいいから形見を……」と頼むタイミングを逃してしまった。

物欲しそうに思われるのが嫌だった。母親と最後に暮らした女が、そんな人間だと思われたくなかった。

トモのためにも、自分のためにも。

あの荷物、どうしたのかしら、アクセサリーや何かはお嫁さんやお孫さんが使うのかもしれない。ならいい。けれど、年寄りの服なんて持って帰ってどうするのだろう。もしかして、すべて捨ててしまうのではないかしら。

今も時々、捨てられてしまったかもしれないトモの荷物が目に浮かび、悲しくなる。彼らにはただの古着でも一着一着、全部思い出があるのだ。そして、そう考えた自分が浅ましく、さらにつらい。

居間のこたつに入って、テレビをつけ、ぼんやりと考える。

今夜、何を食べようかな。

テレビでは、最近はやりの、スリランカのカレーを出す都内の店を紹介している。レポーターの若い女性がぺらぺらと何かを話しながら、具だくさんのカレーを頬張っている。

お釜に炊いたご飯があるし、朝作った味噌汁があるから、あれで済まそう。ぜんぜん、お腹は空《す》いていない。

一人になったとたん、家だけでなく、食卓も寂しくなった。

でも、そんなことよりも、心が寂しい。

テレビの中の彼女がカレーを頬張った瞬間、こたつの上に置いていたスマートフォンが鳴り出して、びっくりする。

桐子とトモはこの家に移った頃、二人そろってスマホに替えた。トモの同僚の若い子たちに教えてもらって、格安スマホを契約し、使い方も教えてもらったのだ。

そのスマホを取って慌てて耳に当てた。

「桐子さん？　久しぶり」

電話の主は画面に出ていたので、出る前からわかっていたが、相手の声を聞くとさらに心臓が飛び上がった。

桐子とトモの共通の友人、三笠隆《みかさたかし》だった。

彼とは、市が開催する「俳句の会」で知り合い、時々、お茶を飲んだり、できた俳句をお互いに送り合ったりする仲だった。教室はトモが探してきて、「一緒に行きましょうよ、頭の体操になるわよ」と言って通っていた。

二人はいつも一緒に行動し、隆や講師の先生に話しかけられても、まずお互い顔を見合わせてから答えるので、「まるで女学生のようだね」と彼にいつもからかわれていた。

そして、隆は……桐子とトモの憧《あこが》れの対象でもあった。はしゃいでいたのは主に桐子の方で、トモは「男はもういいわ」と言っていたが。

「桐子に譲るわ」

「あら、まるで自分のものみたいな言い方！」

なんて、よく言い合った。

「お元気ですか？　トモさんが亡くなられてから、気になっていたのだけど」

隆の声は深くて優しかった。それもまた「かっこいい」と二人ではしゃいでいたのだ。

「ありがとうございます」

「きっとお忙しいと思って遠慮していたのですよ」

歳を取ると気配りがなくなって、何でも自分本位に振る舞う高齢者が多いのに、隆はそういうところがない。

だから、好きになったのだよなあ、と桐子は久しぶりに気持ちが温かくなるのを感じた。

「一緒に暮らしていた人を亡くすのはつらいし、手続きやら何やら忙しくて、それに浸る時間もない……僕も妻を亡くした時はしばらく立ち直れなくてねえ」

「ありがとうございます。それはあちらの息子さんがやってくださったので」

「それは心強いね」

そうだ、息子たちがなんでも桐子の手から奪ってしまうと思っていたけど、考えてみればそのおかげで、ゆっくりと悲しみに浸る時間があるということでもあるのだ。

やっぱり、人と話すのっていいな、と思った。自分一人だと、どんどん悪い方に考えてしまうけれど、正しい方向に導いてくれる。

隆は力強さと明るさを持っている頼りがいのある人と改めて見直した。

「お手伝いができることがあれば、なんでも言ってくださいよ」

彼の声はどこまでも耳に柔らかい。

だれだっけ、俳優のなんとかに似てるって、トモが言ってた。あれはだれだったっけ？

「それでね……」

「はい」

「ちょっと、桐子さんにお話ししたいことがあって」

その声はめずらしくくぐもっていた。

「はい、なんでしょ」

電話では話しづらい、と言うので、二人で会う約束をした。

駅前のチェーン系カフェで待ち合わせした。

桐子は約束より二十分も早く着いてしまった。

平日の昼間だから、店は空いている。桐子と同じ年頃の年寄りか、パソコンを広げて仕事をしている若者ばかりだ。

久しぶりのコーヒーをゆっくり丁寧に飲む。

普段は喫茶店に行くこともなかったが、トモとデザートビュッフェに行く時だけはコーヒーや紅茶を堪能したっけ。桐子はコーヒーが好きだったが、トモは紅茶党でダージリンティーを好んでいた。

ああ、こうしていても、いつも二人で生活していた時のことを考えてしまう。隆に誘われたなんて言ったら、トモはなんて言うかしら。きっと「やったね！」と喜んでくれるに違いない。ああ、またトモと話せればいいのに。

「お待たせしました」

いつの間にか、隆が桐子の前に立っていて微笑《ほほえ》んでいた。

「いえ、今日はありがとうございます」

彼から呼び出されたのに、思わず、礼を言ってしまった。

「とんでもない、こちらこそ、ありがとう」

ずっと素敵だった隆だけど、今日はまた、一段といい。

白髪の髪をきれいになでつけて、ツイードのジャケットを着ている。首にかけているマフラーはきっとカシミヤだろう。それを取ると、きちんとネクタイをしているのが見えた。

「元気そうでよかった」

「いえ、パート以外で出かけるのは久しぶりなんですよ」

その声が妙にはしゃいでいるように自分にも聞こえて、思わず頰が赤くなる。

「そうなの？　でも、顔色がいいね」

「ありがとうございます」

ふっと、彼の雰囲気がいつもと違う、と気がついたら、胸元に鮮やかな朱色のポケットチーフが差されているのだった。もともとおしゃれでこぎれいな人だったけど、チーフまではしていなかった。

いい色だな、と思った。彼の銀髪によく映える。

あ、そうだ、トモが隆に似ていると言ったのは、上原謙《うえはらけん》だ。息子の加山雄三《かやまゆうぞう》よりずっと好きだった。

しばらく、四方山《よもやま》話《ばなし》をした。トモが亡くなってから、少しの間俳句の会にもご無沙汰だったから、皆にも変化があったようだ。八十過ぎの丸山《まるやま》さんが肺炎になって入院した、だとか、南《みなみ》さんが階段で転んだ、隆自身も整骨院を変えたら、腰痛がずいぶん軽減されたなど、定番の病気の話が主だった。しかし、それはそれで楽しい。桐子も少し体重が減ったなどという話をし、隆に「ちゃんとご飯を食べてますか」と心配された。そして、その整骨院を紹介してもらう約束をする。

若い頃は自分が病気の話をして、そこそこ楽しくなる年寄りになるとは思わなかったな、と思う。けれど、それが現実なのだ。

トモの葬儀で配られたまんじゅうの味が良く、「あれはいったい、どこに注文したのか、自分の時も出したいからぜひ店を教えてほしい」と皆が褒めていたと教えてくれた。

「僕もおいしいと思いました。さすが知子さんですねえ」

「それは、それは、ありがとうございます。きっとトモも喜ぶと思います」

自分が用意したものではないけど、そんなことでも褒められるのは素直に嬉しい。年寄りは葬式くらいしかできることはないのだから。

また、俳句の会で、ほとんど人とはなじまず「孤高の君」と呼ばれている、七十五歳の白川君子《しらかわきみこ》の俳句が新聞の投稿俳壇欄で取り上げられた、という話も出た。

「そんなところに投稿していた、ということも我々は知らなかったのですよ」

「さすが孤高の君ねえ。私なんて出す勇気もないわ」

思わず、桐子は感嘆《かんたん》する。

「あの人は、他の人とは気構えが違うから」

「私たちみたいな、遊び半分とは違いますよねえ。どうして、うちみたいな同好会に入ったのか」

「東京に行けばもっといい会がいっぱいあるでしょうに」

決して、悪口や意地悪ではないが、ほんのり「嫌み風味」の混じった感想を言い合う。

隆は葬式に来られなかった、教室の人の香典をまとめて持ってきてくれた。

「桐子さんも落ち着いたら、また俳句の会に来てくださいよ。あなたたちがいないと、さみしくてならない」

最後に隆がお世辞でもなく、しみじみと言った。

「ありがとうございます」

お礼を言いながら、ふっと隆が「あなたたち」と言ったことに気づく。そう、私たちは今でも「あなたたち」なのだ。隆の中にはトモも生きているのだ。涙ぐみそうになった。

「それでね、僕、桐子さんにお話ししたいことがあってね……」

隆が身を乗り出す。桐子も思わず、同じようにして、二人はテーブルを挟《はさ》んで顔が近づいた。

「僕はあなたに……」

「はい」

その時、どん、とそのテーブルに重いものが置かれて、桐子は飛び上がった。

「お待たせー」

それは、スーパーのレジ袋だった。白菜やトマトが入っているのが透けて見え、長ネギが飛び出している。

桐子が思わず顔を上げると、そこにはピンク色のニットを着た女が立っていた。

「お待たせ、たーくん」

彼女は隆の隣に座ると、首を彼の方にくねっと曲げて、一瞬肩に頭が触れた。彼女の茶色に染めた髪が彼の頬をかすめる。

桐子は心底びっくりしてしまった。

自分の年代で、そこまで露骨にいちゃいちゃする男女を見たことがなかったからだ。

しかし、隆の顔を見ると、困ったような表情をしながら、隠せない喜びが口元からこぼれている。

「トマトがとっても安かったから買ってきたあ」

「僕、トマトが好きじゃないんだよ。親は明治生まれで子供の頃はトマトなんてあまり食卓にのぼらなかったからね」

「だけど、栄養があるからぁ」

「薫子《かおるこ》は若いからトマトを食べられるんだよ」

若い……。桐子は自分の中で、彼女をなんと表現していいのか、困っていた。

若いと言えば、若い。自分よりは年下だろうから。だけど、たぶん、彼女は絶対に六十歳以上だ。

ぽっちゃりした頬の肌はきれいだし、髪もきれいに染めているし、ニットの色も派手だから若く見えるけど、でも、絶対に、「若い」というような年齢ではない。

その気持ちが伝わったかのように、隆は桐子に言った。

「薫子はまだ五十九なんですよ」

その嬉しそうな顔、こぼれそうな微笑み。

五十九だって、ほとんど六十じゃないか、とその顔に投げつけたい。

「……あの……こちらさまはどちらさま……?」

桐子はやっと聞きただした。

「あ、いや」

隆はなんだか、やたらと恥じらう。薫子と呼ばれた女性も、「ふふふ」と笑って彼の顔を見ている。

「実はね」

隆は桐子にやっと向かった。

「こちら、斉藤《さいとう》薫子さん。僕のフィアンセなんです。ぜひ、ご紹介したくて」

「あ」

桐子はあまり驚かないような表情を心がけた。でも、意味はなかったかもしれない。目の前の「カップル」はお互いのことしか見ていなかったから。

二人は隆が新しく通い始めた整骨院で出会ったそうだ。

彼女が受付のアルバイトをしていて仲良くなったのだと言う。

アルバイトじゃなくてパートだろ、と桐子は心の中で思った。アルバイトというと学生みたいなイメージがあるのに、ぬけぬけとそう言う女は図々《ずうずう》しいと思った。

二人ののろけ話を散々聞かされて、それをずっと笑顔で聞いているのに心底疲れてしまった。

駅から家までの足が重い。こういう時、本当につらくなる。

とぼとぼ、というのがぴったりの歩き方で家まで帰ってきた。

その夜はまた、テレビを観ながら、食欲もないのに、ぼんやりとご飯を食べた。こうして、これからずっと一人で食べていたら、どんどん痩《や》せてしまうだろう、と思った。

トモがいた頃は、スイーツビュッフェの後、「ダイエットしなくちゃね」と食事を減らすようなこともあったのに。

「高齢者の再犯率が高くなっているんですね」

ふっと画面の向こうから、「高齢者」という言葉が聞こえてきて、耳を傾けた。

「そうなんです。一度、刑務所から出てきても、すぐにまた、犯罪を起こして、塀の中に舞い戻ってしまう、そんな高齢者が増えてきたんですね」

へええ、と桐子は独り言を言ってしまった。

若い男性アナウンサーがニュースキャスターに向かって説明をしている。

「刑務所はもちろん、住むところを提供してくれますし、食べ物もあります。お風呂もちゃんと入れますし、医師もいます。お正月にはおせち料理も出るんです」

ぎっしりとおせち料理が並んでいる、プラスチックの皿の写真が映った。

「案外、豪華じゃないの」

また、独り言が出てしまう。

「寝たきりになったら、介護もしてくれますし」

介護……。

桐子ははっと胸をつかれる。

それはずっと自分の中にしまってきた不安だった。

こうして独りきりで生きていて、元気なうちはいい。けれど、倒れたら？　正直、死んでしまうのはまだましで、死にきれずに介護が必要な身体《からだ》になったらどうしたらいいのだろうか。

姉の子供には絶対、迷惑はかけられない。向こうだって、そんな気はさらさらないはずだ。

しかし……。

刑務所にはすべてがそろっている。

幸い、姉の子供たちとは名字が違うから、犯罪者になったところで、大きな迷惑はかからないだろう。

画面には寝たきりになった受刑者をベッドから起こす、若い受刑者の様子が映っていた。ぼかされているので、顔や表情は見えない。

「受刑者の中には刑務所の中で介護福祉士の資格を取って、高齢受刑者の世話をする人もいるんです」

なんだか、その画面が輝いて見えてきた。

清掃のパートからの帰途、自宅に至る路地の角を曲がって、やれやれと思いながら歩を進めると、ふっと家の前に老人が立っているのが見えた。きょろきょろあたりを見回したり、上を見上げたりしている。

隆と同じようにツイードのジャケットを着ているが、ずいぶん着古され、薄い。片手にやはり薄い鞄《かばん》を持っていて、これまた履き古された靴を履いている。背は中背だが横幅が少しある。

はて、俳句の会の人だったか……トモの職場の人間か……。

桐子と目が合って、笑顔もなくうなずいた。

ただの近所の人かしら、見覚えもないけど……。

「こんにちは！」

「はあ」

それでも、はっきり挨拶してきたので、こちらも曖昧《あいまい》にうなずいた。

「こちら、宮崎《みやざき》知子さんのお宅ですか？」

「はい、トモはここに住んでいましたけど……」

やはりこの家に用事があるらしい。

「あ、失礼しました」

男が軽く頭をさげる。

「私、佐藤《さとう》と申します。知子さんには生前お世話になって……失礼ながら、亡くなったことを存じ上げず、お葬式に伺うことができなかったんです。お線香の一本もあげさせていただこうと思って参りました」

「まあ、それはそれは、ご丁寧にありがとうございます」

思わず、じわりと涙がにじんでしまう。トモのために、こうしてわざわざ来てくれる人がまだいるなんて。

「寒い中、お待たせして、すみませんでした」

「いえいえ、ちょうどお帰りになって、よかったです」

「ただ、こちらにはお位牌《いはい》なんかはありませんのよ。トモの……知子さんの実家……長男の方のお宅の方にありますの」

「そうだったんですか」

「こちらにはわたくしの両親の仏壇に、形ばかり、トモの写真を飾ってあるだけで」

また、涙ぐんでしまう。いくら一番の親友で最後まで一緒に住んでいた人間でも、親族でもないのに位牌を置くわけにはいかない。

「そうでしたか」

佐藤はうなずきながら、小さく足踏みをしていた。

「それは残念です……あの、申し訳ありませんが、便所を貸してもらえますか。ここにずっと立っていたら冷えてしまって」

「これはこれは、気の利かないことで、失礼しました」

慌てて、鍵を開けて佐藤を招き入れる。便所の場所を教えて、やかんを火にかけた。

「どうぞどうぞ、こちらにお座りください。こたつに入って足を伸ばしてください」

便所から出てきた佐藤を居間に案内した。

「ありがとうございます。でも、まずはお参りさせていただきます」

佐藤は仏壇に手を合わせてくれた。桐子もその後ろで同じようにした。

湯が沸いたようなので、佐藤に断って台所に立つ。

「トモとはどちらで知り合ったのですか」

居間の佐藤に話しかけた。何か言っているようなのだが、よく聞き取れない。淹《い》れた茶を運んで、もう一度尋ねる。

「トモとはどういうお知り合いなのですか」

「……旦那さんと仕事上の付き合いがありまして。奥様にも大変お世話になりました」

「そうだったんですか。よくこちらがおわかりになりましたねえ」

佐藤は茶をごくりと飲み込む。大きな喉仏《のどぼとけ》が動いた。

身体の大きさの割に、喉仏が大きい人だわ、と思った。

「……年賀状のやりとりをしていましたし」

「そうですか」

はて、トモの知り合いにこんな方はいたかしら、と思う。旦那さん側の知り合いとはそんなに付き合いがなかったはずだ。

「それに、前にばったり町でお会いして、その時にこちらに住んでいるということで住所の交換をしたんです」

「ああ、そうだったんですか」

それでよくわかった。そういうことなら、住所を知っていてもおかしくない。

佐藤は「わずかですが……」と言いながら、香典を差し出した。

「まあ、申し訳ありません」

深く頭を下げた。

「これは、知子の息子さんに必ずお渡ししますから」

「よろしくお願いします」

お茶を二度さし替え、家にあった出来合いのお菓子も出したりしたあと、小一時間ほどで佐藤は帰っていった。

異変に気がついたのは、翌日のことだった。

買い物に行こうとして、バッグを取り上げ財布をのぞくと現金が一円も入っていない。はて、と考えた。前に使った時には多くはないけれど、数千円と小銭が何枚かは入っていたはずだ。確か、三千四百円くらいはあったはず。

自分の思い違いかなと、居間の仏壇横の引き出しを開ける。そこに、銀行から引き出したお金を入れている。たいてい、数万円を一ヶ月に一度くらい下ろして、銀行の封筒に入れて置いてある。

はたして、封筒はあった。ほっとして中を見ると、一枚もない。

心臓がばくばくと動き始めた。

同じ場所に、俳句の会の会費袋を入れていた。月二千円の会費だ。トモが死んでから行ってないので、前に会費を入れてから出していないはずだった。

それもなくなっている。

もう動悸《どうき》が止まらない。文字通り早鐘《はやがね》を打つように、耳元がどきどきと波打っている。

仏壇の引き出しに、お葬式に来なかった俳句の仲間から預かった香典があるはずだった。中を開けると……すべての中身がなくなっていた。もちろん、と言うべきか、佐藤の香典袋には何も入っていない。

慌てて、二階に上がる。駆け上がるようなことはできないが、ここ数年では一番の速さだった。

自分の部屋のタンスの上に小さな貯金箱が置いてある。昔、銀行で定期預金を作った時にもらったものだ。犬のキャラクターがかわいらしい笑顔で微笑んでいる。

震える手で取り上げて、そっと振った。なんの音もしない。底の蓋《ふた》を開けてみるまでもなく、中には何も入っていなかった。五百円玉をもらうと時々入れていた。少なくとも十枚くらいは貯めていたはずだ。

家中を探して、現金は一枚も一円もないとわかった。ただ、通帳、印鑑、カード類には手をつけられていなかったのが、不幸中の幸いだった。

腰が抜けそうなほど驚いた。実際、しばらくしゃがみこんでしまったほどだ。

空き巣だろうか。しかし、昨日、パートの帰りに買い物をして財布を開けた時にはまだ金は入っていた。そして、佐藤が帰ってから、家は出ていない。

夜中のうちに泥棒に入られた、という可能性もあるが、朝、玄関の鍵はいつも通り閉まっていたし、どこの窓も開いていなかった。

なら、やっぱり、あの佐藤が……と思うと、身体ががたがた震えてきた。

怖い……。

普通の人だった、と思う。今はもう、顔さえろくに覚えていない。

善良そうな顔だった、いや、よく覚えていないが、悪い人には見えなかった。でも、やっぱり、あの人なのか。やたら大きな喉仏が上下していたことしか覚えていない。

泥棒と自分はずっと対峙《たいじ》していたのか。小一時間も話して、時には笑い声を上げたりしていたのか。

怖さ、情けなさ、悲しさ、悔《くや》しさ……いろんなものが混じり合って、桐子は声を上げて泣いてしまった。


次の日、駅前の交番まで歩いて行って、事の次第を話した。

若くて優しいおまわりさんがいて、桐子の話をじっと聞いてくれ、ちゃんと調書も作ってくれた。

「お焼香《しょうこう》を装ったコソ泥ですね」

「え」

「そういうの、多いんですよ、最近。きっと他にも余罪があるはずです」

慣れたふうにメモ用らしいノートを出して広げた。

「私がぼけっとしてたから……」

ため息交じりにつぶやいてしまった。

「違いますよ。それは絶対違う」

「え？」

力強い言葉に思わず、顔を上げる。

「一橋さんの善意につけ込んで、盗《と》っていった犯人が悪いんです」

「そうかしら」

「そうですよ。一橋さんは悪くない」

力強く言ってうなずいてくれた。

「ありがとう」

その言葉が嬉しくて涙が出そうだった。

「どんな人でしたか？　思い出せる範囲でいいので」

いろんな特徴を聞かれてもよく答えられなかった。

「喉仏が大きくて」

「え？」

「喉仏が……」

なんだか、情けなくて口をつぐんでしまう。

「どうしたの？」

でも、顔をのぞき込むようにして聞き返してくれた。

「なんでも、覚えていること、話してくださいね」

「……ごめんなさい。喉仏の大きな人だったということしか覚えていないの」

「そういうの、大切なんですよ。覚えていてくれて、ありがとう」

彼はにっこり笑って、「喉仏が大きな男」と書き込んでくれた。あまりうまくはないが、読みやすい字だった。

「こういう人はおまわりさんが怖くないのかしらね」

「え？」

今度は彼の方が聞き返した。男にしては二重がくっきりした大きな目を見開いている。

「おまわりさんに捕まるのとか、牢屋《ろうや》に入るのとか怖くないのかしら……何度もやっていたら、そのうち捕まるでしょうに」

最後の方はつぶやくようになってしまった。

「さあ、どうでしょう。最近はむしろ刑務所に入りたい、なんて言う、高齢者もいるそうですから、かまわないのかもしれません」

「刑務所に入りたい……？」

「そうです。刑務所なら、ご飯も出るし、住むところもあって世話をしてくれますからね」

「ああ、それならテレビで見たことあるわ」

「最近、時々、報道されますよね」

「現実にあることなのね」

お金を盗られたのも痛手だが、あんな男が家の中に入ってきたことが怖く、気持ちが悪い。前夜はよく寝付けなかった。

「……一階だけじゃなくて、二階の部屋にも……いったい、いつ上に上がったのかぜんぜんわからないの。おトイレに一回、お茶を淹れるのに二回、席を立っただけなのに」

「そういうものなんですよ。プロだし、向こうも必死ですから」

「また、来たりしたらどうしよう。家の間取りは知られているし、気が気じゃなくて」

「そういう手口の犯人は怖がりの臆病者《おくびょうもの》だから、また来るようなことはないと思うけど、念のため、お宅のあたりのパトロールを強化するようにしますね。それから、何かあったら、なんでもいいからすぐに連絡してください。遠慮しないで」

そして、数人の警官が家まで一緒に来て、指紋採取をし、一一〇番ではない、交番の直通電話番号を教えてくれた。


その後、預かった香典の主にひとりひとり電話をかけ、わけを話して包んだ金額を教えてもらった。皆、一様に同情してくれて、中には「お気の毒だからいいですよ、また、同額を包んで持って行きますから」だとか、「知子さんのご実家の住所を教えてくれればこちらから直接送りますよ」と言ってくれる人もいた。

ただ一人、「孤高の君」白川君子だけはつけつけと「金額をお教えすることはできません。個人情報ですから。もう、いいです！」と言ってぷつん、と電話を切ってしまった。

あっけにとられた。じゃあ、盗られたお金はどうやって返したらいいのだろうか。「もういい」ってどういう意味だろうか。いつ、弁償したらいいのか。

すぐに折り返し電話をして尋ねようかと思ったが、しばらくスマホを眺めているうちに「まあ、いいか」と置いてしまった。挨拶もなしに切られたのも腹が立つし、馬鹿にしたような切り口上だったのも腹が立つ。どうせ、そのうち、教室で会うのだろうし、その時、向こうから何か言ってくるだろう。

家にそのまま住み続けるのも怖かったので、清掃のパートのあと不動産屋に出向き、事情を話した。相田も大いに同情してくれ、再度、家探しの条件を話し合った。心がけて探し、良い物件があり次第連絡する、と請け合ってくれた。

もともと貯金は数十万円しかなかったが、今回の事件で十万円近い金を失ってしまったことは痛手だった。けれど、背に腹は代えられない。引っ越しだけはどうしてもしなければならない。けれど、引っ越しをしたら、きっと今ある貯金は全部なくなってしまうだろう。

久しぶりに「俳句の会」に顔を出すと何人かの人が「大変でしたね」「怖かったでしょう」と声をかけてくれた。隆は話しかけてくれなかった。桐子の方を見ようともしなかった。彼に婚約者ができたことは皆、知っていて、桐子が来なかった時に、彼女を教室に一回連れてきたらしい。彼女の方は、俳句は合わないと言ったとかで、その日は来ていなかった。

お題は「初雪」だったのだが、隆が詠《よ》んだのは「初雪の白さが彼女の肌を思わせる」という内容の「恋」というか、「艶《つや》」の句だった。人々に冷やかされて頭をかきながら、誇らしげなのを隠そうともしない。何人か眉《まゆ》をひそめている人もいたのに気づかないようだった。特に、「孤高の君」白川君子は露骨に顔をしかめていた。香典のことはそれきりになっていたけど、桐子は彼女と初めて意見が合ったような気がした。

桐子はまわりに気づかれないようにため息をついた。隆は静謐《せいひつ》な切れのいい俳句を詠む人だったのに。品もないし、何より下手くそな句だった。もう、ここにも居場所はない気がした。

そんなふうに一連の後始末が終わって、ある日、目を覚ますと、自分の中に何もないのに気がついた。その日は日曜日で、清掃の仕事も休みだった。

頭の中が真っ白で、身体ががらんどうで、家の中の空気が冷たかった。

桐子は一時間あまりも、そのまま、天井《てんじょう》を見続けた。

いったい、私はどうしたのかしら……。

なんだか、何もなくなってしまったみたいだわと思った。

友達もない、恋人どころか好きな人もいない、仕事はあるけどいつ首になってもおかしくないパートだ。

今や、本当に隆が好きだったのかもなぞだ。

彼について、トモと二人できゃっきゃとはしゃぐ時間が尊かったのかもしれない。

今、何もなくなったわけじゃない。何も持っていなかったことに気づいていなかっただけなのだ。

月の終わりに、ようやく相田から連絡があった。

「桐子さんに気に入っていただける部屋がやっと見つかりましたよ」

不動産屋を訪れると、彼はすぐに物件情報を見せてきた。

「実は、今、桐子さんがお住まいの家の大家の門野さんが別にお年寄り向けのアパートをやっているんです」

「お年寄り用アパート?」

相田がチラシを見せながら説明する。

「高齢者用アパートと言ったらいいんですかね。高齢者の方だけが入っているわけではないけど、それでも入れるアパートをやってらっしゃるんです。例えば、配偶者を亡くされて一人では家が広すぎるけど、かと言ってまだ施設に入るほどではない、親族と同居もできない事情がある、というような高齢者の方が住んでいます」

「ふうん」

「門野さんは高齢者などの社会的弱者の問題を扱っていて、本も出しているんです。そういう人の住宅問題について取材しているうちにミイラ取りがミイラになったような具合で」

社会的弱者……その言葉が胸に引っかかったが、今はそれよりも自分がこれから住むことになるかもしれない部屋の方が気になって間取り図を手に取った。普通の独居用アパートに見えた。

「ここです。今より少し駅から遠くなるけど、徒歩十二分なのでなんとか歩けます。築五十八年の木造二階建てのアパートでバストイレは付いている１Ｋの間取りです。家賃は管理費込みで二万八千円」

「それなら、なんとか……」

「でしょう。僕も前からここがいいなあ、と思っていたんですけど、人気があってずっと空きがなかったんですよね。それが少し前にやっと退去者が出て」

「その方は……」

「え？」

「その部屋に住まれていた方はどこに行かれたのですか」

そこまで立て板に水、としゃべっていた相田が一瞬黙る。

「……亡くなられまして。でも、部屋で倒れているのを、隣の方がすぐに見つけたのでそこで亡くなったわけではありません。救急車で運ばれて病院で亡くなられたんです！　事故物件ではありません！」

やけに強く強調する。

「そう」

今となってはもうどうでもいいような気がした。桐子自身が幽霊のようなものだから。

「ご近所がご高齢の方ばかりなんで、お互いに気を使い合うというのがこのアパートの特徴でもあるんですね。だから、倒れた方も早く発見できたんです」

「なるほど」

「八部屋のアパートの、六部屋がお年寄りがお住まいです。いや、でした。他は学生さんと社会人が一人ずつ」

「それをあの門野さん……なんて言ったかしらあのカタカナのご職業」

「フリーライター？」

「そうそう、そうだった。あの方の持ちものなの？」

「前も言いましたが、なかなかやり手なんですよ。それにおもしろいことをいろいろ考えていらっしゃる。このアパートも古くて買い手がなかなか付かず、空き室も増えていたのを買い取って、コンセプトを変えて貸し始めたらあっという間に満室になって。大家さんが地域の民生委員や役所に掛け合って、こういう場所だということも行政にもわかってもらっています」

「へえええ」

「とにかく、お互いに仲良く交流してくださいっていうのが一つのお願いというか、条件なんです。保証人が難しければ保証会社を利用しましょう」

桐子は間取りやアパートの写真をじっと見た。なんの変哲もない建物だ。前もこういう場所に住んだことがある。トモと暮らし始めた時のときめきも高揚も感じなかった。でも、もう人生は、そういうものかもしれない。

「じゃあ、一度、内見に行ってみますか？」

相田が尋ねる言葉に静かにうなずいた。

それから、ばたばたと引っ越しの準備をした。

トモの荷物は渡しているとはいえ、これまで一軒家に住んでいたのを二畳の台所と六畳間、押し入れ一つ、という場所に移るのである。引っ越し代を安く済ませるためにも、荷物は少なくしたかった。さまざまなものを捨て、持って行くものだけを段ボール箱に詰めた。

不動産屋で話してから、一週間ほどですべてをやり遂げねばならなかった。赤帽を予約し、荷造りをし、引っ越しを終えた時には疲弊しきっていた。

桐子の部屋は二階の角部屋、二〇四号室である。

引っ越しの翌日、小さな包みの和菓子を持って、各部屋に挨拶に行った。

会社員の部屋はノックしても返答がなかった。平日だから当然だ。学生は一階の中の部屋一〇二号室だ。マスクをしたまま出てきて、桐子の挨拶にこくん、と首を折り曲げただけだった。声を聞くことさえできなかった。

その隣、一〇三号室には背の高い痩《や》せぎすな老女が住んでいた。元木幸江《もときさちえ》と表札に書いてある。

「あの二〇四号室に住むの？　ひえええ」

彼女は大声で叫んで顔をしかめた。

「私だったら、絶対住まないわ。よくもまあ、あんなところに」

そして、桐子の顔をじろじろ見た。

「……どういうことですか？」

「死体が転がってた部屋によく住むね、ってこと」

「え」

思いがけないことを言われて、息を呑む。

「私だったら、気持ち悪くて、絶対に嫌」

「死体って前に住んでいた方のことですか」

「そうよ、坂田《さかた》さん。あの部屋で死んだのよ」

「……でも、救急車で運ばれたって」

「そりゃ、不動産屋や大家はそう言うでしょうよ。でも、救急車が来た時はもう死んでたらしいから」

「それ、本当なんですか。どなたからお聞きになったんですか？」

その問いには答えず、「ああ、嫌だ嫌だ」と吐き出すように言った。

そして、桐子がその死体そのものであるかのように、菓子折を引ったくってドアを閉めてしまった。

あの不動産屋も大家もそんなことは一言も言っていなかったのに、本当だろうか。

最後に、自分の隣の部屋、二〇三号室の鶴野《つるの》次郎《じろう》を訪ねた時に、思い切って訊いてみた。

「あはははは、それはないですよ、大丈夫」

鶴野、という名前がぴったりの、肌の色が白くて頬が赤い老人は大笑いした。

「坂田さんは倒れていたけど確かに息をしていましたよ。私が救急車を呼んだんだから、間違いがない」

桐子はほっと胸をなでおろした。

「そうですか。よかった……」

「幸江さんはひどいことを言うなあ」

「どうして、そんなこと言うんでしょう。何か、思い違いをされているのでしょうか」

「ない、ない」

彼は手を顔の前でひらひらと振った。

「あれはただの意地悪ばあさん。坂田さんの部屋が空いた後、自分も二階の角部屋に住みたくて、部屋を変えろ、今の家賃と同じで敷金礼金もなしで、ってねじ込んだんだが断られてね。それが悔しくて言うんですよ」

二階の角部屋は他の部屋より千円高いと事前に言われていた。

「まあ」

「根は悪い人間じゃないから許してやってくださいよ」

悪意のある嘘をつく人間を「根は悪くない」と言えるだろうか。

パートは引っ越しの前日と当日だけ休むつもりだったけど、その次の日から風邪を引いてしまい、しばらく休むことになった。

じっと寝ていたら、わけもなくぽろぽろと涙が出てきた。

一人になったとたん、狭い事故物件まがいの部屋に住まなくてはならなくなり、隣人にいちゃもんをつけられた。

事故物件であっても、むしろそれはまだいい。それよりも、自分にわけもなく敵意を抱く人間がいて、彼女とこれから近所づきあいをしなければならないといけないというのがなんとも不安で怖くてたまらない。

私は何も悪くないのに。

こうなると、あの丸顔の不動産屋も、メガネの大家も憎らしい。

「この物件しかない」「桐子さんにぴったりの部屋」「あなただから住んでもらいたい」とか言いながら、とんでもない家を押しつけてきたのではないか。

でも、引っ越したくてもお金がない。貯金はほとんどすべて使い切ってしまった。

もうここに住むしかないのだ。死ぬまで。

そう、あの女に嫌がらせされても、自分は他にどこに行くこともできない。どこにも逃げられない。

いや、ここにいられればまだましで、今の貯金のない状態ではいつ追い出されるかわからない。一週間近く休んでしまった。来月のお給料はぐっと少なくなるだろう。来月の家賃は払えるのだろうか。

仕事もできないと、考えるのは悪いことばかりである。

もう、牢屋に入る方がましかもしれない、と考えながら、布団をかぶった。

桐子は隣町のスーパーに来ていた。パートの帰り、一つ前の駅で降りて駅前のスーパーに寄った。こちらにはあまり来たことがないが、少し値段が安いと聞いていた。定期券が使えるし、倹約のためにも行ってみようと思ったのだ。

風邪がやっと治って、数日前から仕事にも出ている。けれど、心なしか身体が重い。動かすたびに骨がきしむような感覚があった。

でも、これ以上休んだら家賃が払えないかもしれないと無理に働いた。転居そうそう、滞納するわけにはいかないのだ。

スーパーで一点、一点、注意深く品物を選び、計算しながらかごに入れた。一週間の食費を二千円以内に納めなくてはならない。今日は千円以上は出せなかった。もやし、豆腐、納豆、鶏胸肉……と入れたところで、胸肉は堅いので豚のミンチ肉にした。少し高いけど、肉を食べないと身体に悪そうだ。魚も食べたくて、一枚九十九円の鯵《あじ》の開きを手に取り……迷って元に戻した。やはり魚は割高だ。ゆでうどんが三玉六十八円だったので嬉しくなった。ミンチ肉をつくねのようにして、野菜と一緒に鍋にできる。最後にうどんを入れれば腹が膨れるだろう。

レジに並ぶ前に、パンの売り場に行った。プライベートブランドの食パンが一斤、八十九円だった。これもまた、簡単に食べられて腹がふくれる。それを手に取ろうとして、和菓子が隣に並んでいるのに気づいた。ピンク色のイチゴ大福に目を引かれた。

そういえば、甘いものをずっと食べてない。

自分はトモほど甘いものが好きじゃない。だけど、まったく食べてないとなると、無性に欲しくなった。これを買って、一度、トモの写真の前に供え、それから食べたい。

イチゴ大福は百二十円だった。パン一斤より、ずっと高い。八枚切りのパンなら、一週間食べられるけど、大福は一瞬だ。

だけど、トモにも食べさせたいし……迷って迷って、一度、棚に戻した。

私って、百円の大福、一個さえ買えない人になったんだわ、と情けなかった。

せめて、あの香典泥棒がいなかったら、もう少しは余裕があったはずなのに。あれでなくなった数万円の中の一万円でもいい。戻ってきたら大福も買えるのに。

しばらく歩いて、ふっと、イチゴ大福をバッグの中に入れてそのままレジを通ったらどうかしら、と思った。

私も盗られたのだ、大福一個くらいもらってもいいのじゃないかしら。

いやいやいやいやいや、桐子は頭を振ってその考えを取り払おうとした。

貧すれば鈍するとはこのことだ。いくらお金がないからと言って、そこまで堕《お》ちていない。堕ちるわけにはいかない。捕まったら牢屋に入るかもしれないもの。

牢屋に入る？

刑務所に入る、それは自分がむしろ望んでいたことではないのか。

刑務所に入れれば楽になる。ご飯や家のことを考えなくていいし、病気も診《み》てもらえるし、介護もしてもらえるかもしれないと一度は考えた。

ここで捕まれば、刑務所に入れる。楽になれるのだ。

桐子はパン売り場に戻り、イチゴ大福をつかんだ。そして、すとんとかごではなく、自分のバッグの中に落とした。

そのまま、他のものはレジを通してきちんと金を払い、買い物バッグにつめた。何食わぬ顔で出入り口に進んだ。

どきどきした。表情は平然としていたはずだが、心臓は壊れそうなほど高鳴っていた。こんなことをもう一度したら死んでしまうかもしれない。

誰にもとがめられなかった。それでも、足は震えていた。

店を出た。

こんなに簡単にできてしまうなんて。

捕まえてほしかったのに、ほっと息を吐いた。

その時、後ろから強い力で腕を捕まれた。

「お客さん！」

本当に心臓が止まるかと思った。

「その品物、まだレジを通していませんよね！」

桐子は、腕を捕まれたまま膝《ひざ》から崩れ落ちた。

第二章　偽札《にせさつ》

「初めてでしょ」

スーパーのバックヤードの、小さな部屋に通された。

「はい」

ごくごく小さな声で答えると、

「初めてでしょ、わかんのよ！」

ばん、と机を叩《たた》かれて、やっと顔を上げることができた。

カーディガンにチノパンというラフな服装の女性、今は脱いで椅子《いす》の背に掛けているが、ここに入る時まで短めの丈のダウンジャケットを着ていた。

普通の主婦のような服装でも、店長かなにかなのか。

彼女の後ろに店員たちが行き来している。廊下に通じるドアは開けたままだ。奥に従業員の休憩所かなんかがあるのだろう。ひっきりなしに人が通る。皆、一様にこちらを見る。

決して凝視したりするわけではない。ただ、日常の風景として、ちらっとこちらに視線を走らせる。けれど、見ない人間はいない。必ず、首を曲げてこちらを見る。

　恥ずかしくてたまらない。

「私は海野律子《うみのりつこ》と言います」

　今、机を叩いたとは思えないくらい、静かな声だった。

「あなた、名前は？」

「一橋……一橋桐子です」

「歳は？　七十五？　七十六？」

「え」

　少し驚いた。

　こんなところまで来て図々しい話かもしれないが、桐子は年相応に思われることが少ない。たいてい、六十代かと聞かれる。若く見えるのには自信があった。

「最近のお年寄りって若いからねえ。でも、私はそれもこみで年齢を推測するから。ここで高齢者とたくさん会うの」

「ああ」

「で？　いくつ？」

「七十六です」

「ぴったしかんかんね」

そんな言葉なのに律子に笑顔はない。

「奥さんじゃないね?」

「あ、はい」

「一見、ちゃんとしたとこの奥さん、って感じに思われるんだろうけど、私にはわかる。奥さんの匂《にお》い、しないよね」

奥さんの匂いってどんな匂いなんだろうか。

「……そうですか」

「もしかして、いっぺんも結婚したことない?」

「はい……それもぴったしかんかんです」

その時、彼女がやっと小さく笑った。

「普通なら、この程度の万引なら捕まらなかったかもしれない」

「そうなんですか」

「あ、だからと言って、やっていいわけじゃないからね」

「それは、もう」

また、下を向いてしまう。恥ずかしくて、情けなくて。

「今日はちょうど私が来てたからさ。私、ここには週に一回くらい来てるの。巡回指導。普段は他の調査員が来てるんだけど」

「ここのお店の店長さんじゃないんですか」

律子の服装を見直した。確かに、制服も着てないし、店長の名札をつけているわけでもない。落ち着いて見れば普通は分かるはずだった。

桐子も仕事柄、いろいろな会社や店に派遣されるので、人の雰囲気を察知するのは慣れているはずなのに、やっぱり気持ちが少し動転していたのだろう。

「違う違う。私は万引の調査員。この道一筋、二十年。そういう専門の会社から派遣されてるわけ。知らない？　テレビとかで万引Gメンとかやってるでしょ」

「知ってます。でも、ちゃんと観たことがなくて」

ああいう番組はトモが嫌がるから観てなかった。実録犯罪系の「警視庁二十四時」とか、「怖い怖い」といつも言ってチャンネルを替えてしまった。

「普段、ここにいるのはスーパーの上の会社から派遣される調査員だけなんだけど、時々来て、指導とかするのね」

「ああ」

「あなた、挙動不審だったからずっとつけてた。初めてなこともね、私くらいになるとすぐわかる」

「そういうことだったんですか」

「逆にさ、初めてです、出来心です、なんて泣かれても、常習犯はすぐにわかるしね」

「すごいですね」

「七十六歳、独身、結婚歴は一度もなし、これが初めての万引。いえ、こういう悪いことをするのも初めてよね？」

「はい」

「そう欲しいわけでもなかったんでしょ？　イチゴ大福」

「はあ」

「わかるの、私、全部わかるの」

「そうですね」

「こっち見なさい、私の目をちゃんと見る！」

もう一度机を叩かれて、ぎっとにらまれた。

「全部、本当のこと話しなさい。どうして、一見、いいとこの奥さんにも見えるような人が今日、初めての万引をこの店でしたのか」

その目の力にたじたじとなった。

「嘘ついてもわかるんだからね!?」

「申し訳ありません」

気がつくと、机に手をついて、深々と頭を下げてしまっていた。


桐子はすべて話した。

最初はかいつまんで説明しようとしたが、律子が聞き上手で、「え、そうなの？　へえ。あなたも大変だったんだ……」などと、いいところで相づちを打ってくれるので、気がつくと微に入り細を穿《うが》つ、香典泥棒の喉仏が大きかったことまで話してしまった。

「捕まろうと思ってたの！」

最後まで話すと、さすがに律子が驚く。

「いえ、完全にそう思っていたわけではないかもしれません。私にも完全に自分の気持ちがわかっているわけではなくて」

「じゃ、わかることだけ話してみようか」

「いろんな気持ちがごちゃごちゃに混ざったあげく、でしょうか。お金を盗られた悔しさ、トモと別れた寂しさ、そして、もう捕まってしまいたいような不安……」

「いや、最近、そういう人がいるというのは知らないわけじゃなかったけど、もっと年齢が上の、何度も再犯をくり返すような男の人のイメージだったから。あなたがそうだとは思わなかった」

「すみません」

「そうかあ」

彼女は手のひらを額に当ててうつむく。

「だけど、この程度じゃ、きょうび、警察は呼べないよ」

「ああ」

ちょっとがっかりしてため息がもれた。

「一点だけの万引じゃ警察を呼んでも、たぶん、向こうにも嫌な顔される。ここだけの話だけど。あっちも忙しいからね」

「はい」

「前にも、まったくお金を持ってないホームレスの人が来て、これじゃ留置場に入った方が雨風はしのげるし、食事も出るからってむしろ温情で警察を呼んだこともあるんだけど、結局、厳しく怒られて、終わり。あとは家族を呼ぶしかない。でも、あなたは家族もいないみたいだし」

「はい」

「今の話を聞いていて、あなたの弱点を探してたんだよ。一番、このことを知られたくない人。あなたが呼ばれたくないのはその……お姉さんの子供か、不動産屋か、隆さんか、トモのご家族か」

もうすべて話してしまったのだ。隠すこともできない。

「だけど、他人はここには呼べないし」

万引をして、身元引受人を呼ぶこともできない人間なのだ、自分は。

「すみません」

「でも、次にやったら、呼ぶよ、容赦《ようしゃ》なく呼ぶ、あなたの甥っ子か姪っ子を」

「……どこに住んでいるのかもわからないし、来てくれないと思いますけど」

「来てくれない人でも、来てもらわなくちゃならなくなるのよ」

律子は寂しそうに、桐子の顔を見ていた。

「あなたは他の人とは違うなあって思ってたんだよね」

「そうですか？」

「万引ってどうしてすると思う？」

「どうして？　それはやっぱり、品物が欲しいから？　お金がないから？　年金だけではままならないとか」

「それは、そうなんだけど、一番の理由はギャンブル」

「あ、ギャンブルでお金をなくして、とかですか」

「違う、違う、万引自体ギャンブルなわけ」

よくわからなくて、首を傾《かし》げる。

「桐子さんみたいな人にはわからないだろうけどさ。お金をいっぱい持っている人も万引するの。捕まえてみたら、ちゃんとそれを買えるくらいのお金は財布の中にちゃんとあるのが普通。それに、そういう人は品物を雑に扱うの」

「雑に扱うというと？」

「あれ、なんでだろう。自分が金を払わないからかね。不思議と、万引犯て食品を乱暴に扱うのよ。万引を指摘すると、平気で道路に投げ捨てたりする」

「ひどいですね」

自分もやったのに、思わず言ってしまう。食べ物を道路に故意に捨てるなんて信じられなかった。

「万引は成功率の高いギャンブルなの。普通のギャンブル、競馬とか競輪とかは運営側に半分以上持って行かれるし、当たる確率も低い。だけど、万引はうまくすればほとんど捕まらず、必ず儲《もう》かる。だから、強い快感になってしまうのね」

「なるほど」

「私もこういう仕事をするまで万引する人の気持ちがよくわからなかった。捕まっても何度も何度もくり返してしまうとか意味がわからなかった。だけど、ギャンブルだと思うとすべてつじつまが合う」

「そういうものなのですか」

「だけど、あなたの雰囲気に、その『快感』は一つもなかったから」

「はい」

「きっと普通の常習犯ではないと思ったの。でも、絶対、これ以上はだめだよ」

律子が強い口調で言った。

「これ以上、この世界に足を踏み込んだらだめ。今はなんともなくても、そのうち、盗ることが快感になるかもしれない」

「はい」

「私としては桐子さんには絶対、そうなってほしくないわけ。ここでとどまってほしいわけ」

「ありがとうございます」

「万引は店長に裁量があるから、今後どうするのかは店長が決めることだけど、でも、あなたは一点だけだし、お金さえ払ってくれれば警察は呼ばないことになると思う。私もそう口添えするし」

「すみません」

「だから、もう絶対やらないで」

「はい」

「私はいつも金曜日にここに来る。なんかあったら、声かけてよ」

「そんな」

「もしも、またやりたくなったら、ここに来て。話、聞くから」

「優しいんですね」

思わず、涙がにじむ。

「なんか、ほっとけないから。桐子さんみたいな人は他にも何人もいるの。ここに話しに来る人」

律子はふっと微笑んだ。

「本当にありがとう。そして、ごめんなさい」

桐子は立ち上がって、深々と頭を下げた。

律子の言う通り、店長を呼んで、また少し注意されて、その日は帰された。

帰る道々、桐子は涙があふれて仕方がなかった。

そして、ぼんやり歩いていたからだろう。間違って、前の家……トモと住んでいた家に帰ってきてしまった。

今は「貸家」という大きな看板が付いている家の前で呆然《ぼうぜん》として立ちすくむ。

数週間ぶりに見た家が驚くほどよそよそしくて、驚いた。大家は早速クリーニングを入れたらしい。壁も屋根も洗ったのか、どこかこざっぱりしている。庭には何本か、トモと桐子が育てていた庭木があったはずだが、跡形もなく取り払われていた。

ここに住み始めた時、不動産屋を通して大家に「庭木を植えていいか」と確認した。「そんなに大きくならない木なら」という答えだった。それなのに、家を出た途端、引っこ抜かれるとは思ってもみなかった。

「リラ、ライラック」

思わず、つぶやいてしまった。

トモが好きで、ライラック……リラとも呼ばれるその花木を片隅に植えていたのだ。それから、桐子が好きだったクチナシも。

『ライラックの花の下』という少女小説があって、それをトモも桐子も子供の頃、読んでいた。その話で、最初に高校で仲良くなったのだ。

高校の最初の国語の授業で自己紹介代わりに、好きな小説を発表する機会があった。当時から目が悪く、小さかった桐子は一番前の席に座っていた。最初に当てられて、ふっと思いついた、『ライラックの花の下』と答えた。

「知りませんねえ。僕は読んだことありません」

神部《かんべ》という国語教師が切り捨てるように言って、その言い方がおかしかったからか、教室の中に嘲笑《ちょうしょう》にも似た笑いが広がった。

他の級友たちは口々に、太宰やら芥川、夏目の小説を出して、桐子は恥ずかしさに堪《た》えられず、ずっと下を向いて過ごした。

国語は一番得意な教科で、楽しみにしていたのに、高校に入ったら皆が大人に見えて悲しくなってしまった。

授業の後、とんとんと肩を叩いてくれた人がいて、それがトモだった。

「私もオルコット、大好きよ」

「そうなの?」

トモはにっこり笑った。

「『若草物語』、お読みになった？」

「ええ」

「私、ジョーが好き」

「私も！」

「オルコットの『八人のいとこ』は？」

「まだ読んでないわ」

「じゃあ、明日、お貸しするわね」

それからずっと親友だ。

ジョーが好きなトモ、背が高くておしとやかに見えながら、その中には熱いものがたぎった女性だった。徒競走もバスケットも、クラスで一番上手で皆の人気者だった。トモがいなかったら、桐子の高校生活はまったく別のものになっていたに違いない。

『ライラックの花の下』はその後、『リラの花さく家』と題名を替えて出版された。「こちらの題名の方がいいわねえ」とトモとよく話した。

この家に移ってきた頃、ライラックの鉢植えが駅前の花屋に売れ残りの「おつとめ品」として数百円になっていた。小ぶりで、もうほとんど花は落ちていた。一生懸命、水をやり、時には米のとぎ汁をかけたりしたのに、あまり大きくならなかった。それでも、二回だけ花が見られた。わずかな花をトモは慈《いつく》しんで、チラシの上で乾かしたり、押し花にしたりして、なんとか残そうとした。もともと小さな米粒のような紫の花は、乾かすと縮んでごま粒のようになった。

「これでは仕方ないわねえ」

そう言いながら、ガラスの小瓶に入れた。

あのごま粒はどこに行ってしまっただろう。記憶にない。トモの息子たちが荷物を取りに来た時、荷物に紛れて渡してしまったのかもしれない。

そんなことを考えながら、アパートまでとぼとぼと帰ってきた。アパートと元の家は駅を挟んでこちらと向こうだから、二十五分以上かかる。

足と腰がきりきりと痛んだ。

部屋に帰って電気ストーブをつけた。その前で手をこすり合わせた。

まるでハエのようだわ、と自分で思った。

こんな動作をするのは久しぶりだった。前の一軒家ではガスストーブだった。あれはガス代がかかるけれども、点《つ》ければすぐに暖まる。トモが夫と住んでいた家から越してくる時、持ってきてくれたものだ。あれとこたつがあれば冬に寒いと感じることはほとんどなかった。トモも桐子も、子供の頃は火鉢で暖をとっていた世代だ。寒さには強い。しかし、ガスストーブは彼女の息子に渡してしまったし、このアパートにはそれを繋《つな》げるガス栓もない。どちらにしても使えないのだ。

こたつに入って身体を震わす。部屋が暖まれば、電気ストーブは止めようと思いながら、なかなか止められない。

バッグを開いたら、今日買ったものに続いて、最後に買い取ったイチゴ大福がころり、と落ちた。床に落ちたそれをじっと見ていたら、涙がまたあふれてきた。

最終的には自分がお金を出して買ったけど、食べたくない。まるでよごれたものでもあるかのように手が出ない。

両親の位牌とトモの写真が飾ってある仏壇に供えることもできない。こんな汚いものをトモに渡そうと思っていたなんて、自分は何を考えていたのだろう。

しばらく泣いた後、これもやっぱりバッグからハンカチを出して、涙を拭《ふ》いた。桐子は一人なのだ。悲しくたって一人泣き止《や》んで、一人で拭わなくてはならない。

立ち上がって、小さな台所でお湯を沸かした。お茶を一杯、丁寧に淹れる。

こたつに運んで、床に落ちていたイチゴ大福を手に取った。そして、ビニールを剝《は》がして小皿に置いた。

薄ピンク色の丸い餅をじっと見つめる。

さすがにトモに供えることはできないが、これは自分が犯した罪だ。自分で責任をとらなくてはならない。それに、食べ物自体に罪はない。律子は常習的な万引犯は品物を雑に扱う、と言っていたではないか。桐子はそうはなりたくなかった。

十分ほどながめた後、桐子は手に取ってそっと口をつけた。

「おいしい」

餅は柔らかく、あんこは甘く、イチゴは甘酸っぱい。その集合体が口の中に入る。どんなに悲しくてもやっぱり「おいしい」としか言えない味が広がる。

そういえば、と思い出した。

ある日、トモが安売りの、袋入りの大福をいっぱい持って帰ってきたことがあった。賞味期限切れ間近のおつとめ品が売れ残り、廃棄処分になったものをもらってきたらしい。

さらに彼女はパック入りのイチゴ一箱をこれまた三十パーセントオフで買ってきた。

「これどうするの？　こんなにたくさん」

ふふふ、と彼女はいたずらっぽく笑って、山盛りの大福をどれも半分に切って、皿に盛った。もう一つの皿に、へたを取って洗ったイチゴも盛った。二つの皿をテーブルに並べた。

「こうするの」

彼女は半分に切った大福を手に取って、イチゴをあんこの中にぎゅーっと押しつけた。そして、餅とあんを伸ばし、イチゴを丁寧にくるんだ。

「あ」

「ほら、この通り」

彼女の手の中には普通の倍の量のイチゴが入った、イチゴ大福ができあがっていた。

「さあ、どうぞ」

「すごい」

「これ、前から考えていたの。だから、一度やってみたかったのよね。ちょうど廃棄処分のものが出たから、えいっとイチゴも買ってきたの」

二人でイチゴ大福をお腹いっぱい食べた。その日の夕食はイチゴ大福だけだった。次の日の朝食にも食べた。

「子供の頃の夢みたいな食事」

「でも自分の子供には見せられないわね」

「血糖値が上がりそう」

「もういいわよ、歳だもの。好きなもの食べて死にましょうよ」

本当に、死んでしまった。

だけど、トモは満足だったのだろうか。

そうであってほしい、と考えながら、桐子はイチゴ大福を食べた。

そして、気持ちを固めた。

他の人に迷惑はかけられない。本気で、犯罪を考えよう。ちゃんと刑務所に入って、そこで死ねるような犯罪を。甥や姪に文句だけは言われないように。幸い、彼らとは苗字も違っている。ちゃんと罪を犯して逮捕されたら、万が一、報道されたって彼らに迷惑をかけることもないだろう。

自分一人で、自分の始末くらいつける。


トモが入院してから、桐子は時間が許す限り、病院を見舞った。

亡くなる一ヶ月ほど前、死期を悟った彼女は言った。

「ごめんね」

もう、起き上がる力はなくなっていた。

「何が？」

桐子はトモの枕元で編み物をしていた。手先が器用で手芸が好きなトモに習って、かぎ針編みのモチーフを編んでいたのだ。それを繋げて、冬にはベッドの彼女の胸元を温めるショールを作るつもりだった。

病院でおしゃべりする時に、編み物はちょうど良い小道具だった。

「先に死んで、ごめん。一人にして、ごめん」

驚いて、手を止めた。

「桐子を見送りたかったのに……あ、そんなふうに言ったら、駄目か。桐子より長生きしたいみたいに聞こえるわね」

もちろん、トモの真意はわかった。

「なーに、言ってるの」

桐子は強くなりすぎないように、トモの肩を叩いた。痩せた肩は小鳥のように軽く、パジャマの下に何もないかのようだった。

「私はこれから長生きするんだから。長生きして、長生きして、恋人も作って、幸せになるんだから」

一生懸命努力したけど、言っている途中で声が震え、泣き出してしまった。

「ごめんね」

トモも泣いた。

「でも、桐子は長生きしてね」

「わかった」

「約束だよ」

そう。生き続けると、トモと約束したのだから。

彼女にだけは嘘はつけないいし、裏切れない。


遠くで太鼓が鳴っている。

とんとんとん、とんとん、とんとととん。

いったいい、なんの太鼓だろう。お祭りでもあるのかしら。それともどこかの学校で運動会かな。今は冬なのに……。

そこではっと目が覚めた。そして、祭りの太鼓と思ったのはドアを叩く音だと知る。

「はいはい、はいはい」

とっさに返事をしてしまう。そして、返事をしてしまったら、出ないわけにはいかないと気づいて、さらに焦る。

しかし、見れば、着ているのはピンクのパジャマだ。襟元にレースがついているけど、これでドアを開けるわけにはいかない。

「はいはい、お待ちくださいよ」

のぞき穴から見ると、見知らぬ老人が立っている。八十歳くらいの男だ。

とっさに、台所に掛けてあった割烹着《かっぽうぎ》を上からかぶり、昨日はいていたズボンを拾って足を入れる。自分では大車輪で急いだと思っているけど、そう早くはできない。ドアを叩く音はさらに大きくなっている。ふと、まだ薄暗いことに気づいた。壁掛け時計を見ると、六時前だった。いったい、こんな時間になんだろう。

もう一度、のぞき穴をのぞく。目に入るのは、見るからに不機嫌そうな男だ。グレーのジャンパーを着て、顔が四角くて、口がへの字に曲がっている。目はぐりぐりと大きく、その唇は分厚くて赤い。何かに似ていると思ったら、鬼の面そっくりなのだ。怖くてぞっとした。

返事をしてしまったけど、開けなくてはいけないだろうか。高齢者向けアパートというくらいだから、ここに住んでいる人だと思ったけど、もしかしたら怪しい輩《やから》かもしれない。

「どちら様ですか」

「石丸《いしまる》だよ」

「どちらの石丸様ですか」

「一〇四の石丸だよっ！」

怒鳴りつけるように言われて、首をすくめた。やっぱり、同じアパートの住人だ。

おそるおそる、ドアを細めに開けると、がっと向こうから引っ張られた。冷たい空気が一気に部屋に入ってきた。

「何やってるんだっ！」

いきなり怒鳴られて、また首をすくめてしまう。

「ごめんなさい」

何がなんだかわからなくて、すぐについ謝ってしまった。

「お前、今、何時だと思っているんだ」

「……六時……ですか？」

「五時だよ、まだ五時五十分だ！　六時前だよ」

「あの……」

いったい、何が起きたのかわからない。けれど、石丸が怒っているので、口を挟むこともできず、ただ、じっと聞いているしかない。

「あの……ごめんなさい。私、いったい、何をしたんでしょう」

やっと口を挟んだのは、それから五分近く怒鳴られたあとだった。その間、石丸は、非常識なやつだ、信じられない、俺は昔、役所に勤めていてその後は大学の講師もしたんだ、お前みたいなやつは俺が前に住んでいたところにはいなかった……という意味の言葉を、壊れたテープレコーダーのようにくり返していた。

「お前、朝から部屋で暴れていただろう。ばたばたうるさくて眠れねえんだ！　いい加減にしろ！」

「暴れてません。私はずっと寝ていて、あなたに今、起こされたんですから」

やっと理由がわかって、桐子は言い返した。

「嘘をつけっ！　ずっとばたばた、ばたばたしてただろ！　わかってるんだ！　部屋の中に楽団でもいるみたいに大騒ぎして。お前がやったんじゃないなら、誰か部屋に呼んでいるんだな」

「いいえ、本当にそんなわけはないんです。私一人しか部屋にはいません。それに、まだ六時前ですよ。私だって、起きてるわけないじゃないですか。あなたが来る、今の今まで寝ていたんですよ」

もう一度反論すると、石丸が一瞬黙った。その目の中にほんの少しだがためらいの色が見えた。

「私は昨日、掃除のパートに出かけて、疲れて帰ってきたんですよ。そんな夜中に暴れるわけありません」

「俺はずっと責任ある仕事に就いてきたんだぞ」

「それはご立派ですが、とにかく、暴れてません」

「石丸さん」

隣のドアが開いて、二〇三号室の鶴野が出てきてくれた。二人の声が聞こえたらしい。

「一橋さんじゃないよ。俺も隣にいたけど、一橋さんはずっと静かだったよ」

石丸は黙って鶴野を見ている。

「きっと、新聞配達かなんかが廊下で騒いだんだろう」

「だって音が」

鶴野は桐子に向かって目配せすると、石丸の肩を抱いた。小柄な鶴野が石丸の肩に手をかけるのはなかなかむずかしそうだった。懸命に手を伸ばして、背中のあたりを撫《な》でている。

「もう、新聞配達はいなくなったから、部屋に戻ろう」

そう言って、鶴野は彼を部屋に連れて行った。鶴野に対しては、意外と素直だった。相手が男だからかもしれない。そう思うとさらに腹が立った。

「すみません」

戻ってきた鶴野に、桐子はわけもわからないまま頭を下げた。

「いや、あれはちょっとここが」

鶴野はつむりをちょんちょんと指で叩く。同じ老人だから、容赦ないしぐさだった。

「たまに聞こえない音が聞こえたり、見えない物が見えたりするんだよ。あんまり逆らわないで、話を聞いてやると収まるから」

しかし、突然怒鳴られたりしたら怖いし、いい気持ちがしない。

「まあ、もっとひどくなったら、大家さんや不動産屋に話して相談するしかないねえ」

「そうですか」

「一応、報告はしているんだけどね」

「あの人、役所の人だって」

「元はどこかの公務員だったらしいが、息子たちは彼とうまが合わなかったらしくて、Iターンっていうの？　東京から田舎に行って就職したらしい」

「お寂しいのねえ」

「今、昼間はデイサービスに通っているんだけどね」

しばらく様子を見ましょ、と言って、鶴野は自分の部屋に入っていった。

もう一度、布団に入ったけれど、目が冴《さ》えてしまって、眠れそうもない。台所に立って、やかんを火にかける。茶を淹れて、こたつをつけた。

長い、長いため息が出た。

早朝に叩き起こされたのも頭にくるし、怒鳴りつけられたのは今でも腹が立つ。あんなふうにはなりたくないと心から思うし、もしもあんなふうに老いてしまったら、と思うと恐怖さえ感じる。しかし、何か、「哀しみ」があるのも事実だ。

石丸の孤独や老いは自分のものでもあるのだから。

喫煙室《きつえんしつ》に入っていくと、一人だけいた若い男が吸いかけの煙草《たばこ》を慌てて灰皿に押しつけた。

「あら、いいのよ、吸ってて。喫煙室でそんなに気を使っていたら、休まらないでしょ」

「ううん、いいんです。もう、ほとんど吸い終わってたから」

「すぐに終わらせるからね」

桐子が週の半分、三日間掃除に来ている七階建ての雑居ビルだ。三階から六階に彼らの会社がある。

ここは雑居ビルと呼ぶには新しすぎ、きれいすぎるフロアで、最近では「オフィスビル」とか言うのが正しいのかもしれない。けれど築年は四十年以上経《た》っていて、外から見るとそれなりに古い。数年前に買い取った会社が大規模な改修工事を施し、中をたいそうしゃれたものに替えたのだ。桐子は外観もきれいに直したらいいのに、と思うけど、若い人にはそちらの方がおしゃれ、ということらしい。

煙草の火を消したのは二十代半ばに見える男だった。痩せてひょろりと背が高く、髪はいつもくしゃくしゃだ。着ているものもパッとしないチェックのシャツにチノパン、そして、地味なメガネである。

時々、喫煙室やオフィスで言葉を交わす相手だった。彼女なんかいない、と前に言っていた。それはそうだろう、と桐子も思う。いつも朝から晩まで働いている。きっとこういうのがテレビで言う「ブラック企業」というんだわ、といつも見ている。かわいそうでたまらない。

彼のことは名前さえよく知らない。胸のところにカードをぶら下げているが、そこにはバーコードが印刷されているだけだ。

「思いっきり吸っていいのよ。ゆっくり吸いなさいよ」

彼は、桐子が来ると必ず、火を消してくれるのだ。副流煙とやらを気にして。

「いや、もう行くところだから」

「私たちの世代は、昔から男の人が吸っている脇で仕事をしていたんだもの。これから少しばかりその量が少なくなったって、変わりゃしないのよ。もう十分生きたし」

彼は力なく、ははは、と笑った。

「じゃあ、お言葉に甘えて、もう一本、いただくかな」

彼はそう言って、火をつけ、うまそうに煙を吸い込んだ。

数年前、クリスマス・イブの翌日の早朝、会社に泊まりきりで仕事をしている彼を見つけて、「クリスマスにどこも行かなかったの？」と話しかけてから、時々挨拶程度の言葉を交わすようになった。

目を細めて煙草を味わっている様子を見ると、若い女の子はどうして、この子の良さに気づかないのかねえ、と思う。この色気に気づかないのだろうか。いい人がいない、なんて皆、言っているけど、近くをよく見たらいいのに。

桐子に若い男に入れあげる趣味はない。けれど、だからと言って若い男の良さがわからないわけでもないのだ。いや、相手と付き合ったりする可能性がないからこそ、昔より、落ち着いて彼らの長所がわかるような気さえする。

優しいし、会社に最初に来て、最後まで働いている働き者だ。人がいいから仕事を押しつけられてしまっている。結婚するなら絶好の相手のはずだ。

「ちゃんと食べてるの？　痩せてるけど」

手早く、灰皿の中身をバケツに空けながら尋ねた。少しでも早く掃除を終わらせて、彼にゆっくりさせてやりたかった。

「あんまりお腹が空かないから」

「忙しすぎるのよ。社長さんに言って、仕事を減らしてもらえばいいのに」

するると、彼はなぜか、また笑った。

「仕事、嫌いじゃないから」

「でもねえ、そう言って働いていると、ある日、がんになったりするのよ」

「へえ」

早く仕事を終わらせなくちゃと思いながら、彼が感心したような返事をしてくれるので、つい続けてしまう。

「たくさん見てきたの。会社の中で大きな仕事をしてる人が、やっと終わって、別の部署に移ってね、やれやれあの人もこれでしばらくは楽になるわね、なんて噂《うわさ》してると、急にがんが見つかって半年で亡くなってしまうの」

桐子はテーブルを拭く手を少し止めて、ため息をついた。

「不思議ね。がんて忙しい時になるわけじゃないのね。その忙しさがいったん、落ち着いた時に襲ってくるのよ。だから、若くても、必ず、検査に行かなくちゃだめよ」

「一橋さんの話はためになるなあ」

彼が素直に感嘆してくれると、逆に、偉そうに話し込んでしまったことが恥ずかしくなった。だけど、悪い気はしない。彼の方は桐子の名字を胸の名札で知って、それから名前で呼んでくれるのだ。

このビルの社員の名前は隠すが、桐子のような出入り業者には名前を強要する。セキュリティ上の問題だと言って。でも、そんなことを気にしていたら、仕事がなくなってしまう。

「ごめんなさい、偉そうに」

「ううん。ありがとう。そんなこと言ってくれる人、なかなかいないから。それに、いつも部屋をきれいにしてくれて、本当にありがとう」

軽く頭まで下げてくれた。そんな様子を見ていたら、ちょっと頼りたくなった。

「あのね、じゃあ、今度、教えてもらいたいことがあるのよ」

「え？　何？」

「ううん。忙しそうだから、次の機会でいいの」

「いや、今なら大丈夫ですよ」

「本当に？　ごめんなさいね。若い人の方がこういうことはわかりそうだから」

「なんですか」

あれから……万引をしてからずっと考えている。

ちゃんと刑務所に入れる罪ってなんなんだろうか。

できるだけ、人に迷惑をかけず、一番重い罪はなんだろうか、とずっと考えているけど、一人ではなかなかわからない。

「あのね、犯罪ってあるじゃない？」

「犯罪？　あの、罪を犯す、犯罪ですか？」

それ以外に何があるというのだ。

「そう。その犯罪でね、あんまり人に迷惑をかけず、一番、重い罪になるのって何かしら。何かご存じだったら教えて？」

「重い罪ねえ」

「そう。いっぱい、長い間刑務所に入れるような罪」

うーん、と彼は腕を組んで考えた。

「おもしろいこと聞きますね」

「お友達とこの間、そんな話になったものだから」

彼はその簡単な説明だけで不審に思ったりしなかったらしい。うーん、うーんと考え込んでいる。

「当然、一番重いのは殺人じゃないですか」

「そりゃそうだけど、そんなのだめよ！」

「それから、強盗殺人。何か物を盗るために人を殺すのはとても罪が重いと聞いたことがあります」

「だから、そんなの絶対だめだって」

「それから誘拐殺人」

「怖いこと言わないでよ」

彼が笑った。

「だって、一橋さんが聞くから」

「いえ、ごめんなさい。だから、誰にも迷惑かけない重い罪ってないかしら」

「ああ」

彼が人差し指を立てた。

「前に、ネットで見たことあります。実は偽札作りは重罪だって」

「偽札!?」

まったく、思いがけない言葉だった。

「偽札って、あの偽札？」

「他になんかあるんですか」

今度は桐子の方が逆に問われてしまう。

「偽札と一言で言いますが、実は国家の根本的な問題を含んでいるんです」

「国家？」

彼は急に生き生きと話し出した。今まではここまで長く話したことはなかったが、もしかしたら議論のようなことが好きなタイプなのかもしれない。

「お札……つまり、お金がお金であるということはどういうことでしょうか」

桐子は頭をひねった。

「お金はお金よ」

彼はポケットを探った。チノパンのポケットから、くしゃくしゃの札と何枚かのコインを出した。

「僕はほとんど現金は持たないんですが」

「あれ？　最近流行の、スマホとかでピッとやる」

「はい。キャッシュレスアプリやクレジットカードでほとんど払うので」

そして、一枚の千円をきれいに伸ばして、桐子の前に広げる。

「でも、ここではお札で説明する方がわかりやすいですからね」

「そうなの？」

「これが千円ということはどういうことでしょうか」

「え？」

意味がわからない。

「千円で買い物しますよね」

「はい」

 つい、先生の前の子供のように返事をしてしまう。

「千円で何が買えるでしょう」

「何がって、例えば……リンゴとかミカンとか。おリンゴなら、五つ入りの袋が三百八十円とか。ミカンが一袋、四百円くらい？　産地にもよるけど。それから大福が」

無意識にそう言ってしまって、つい口をつぐむ。イチゴ大福の苦い思い出が浮かんだ。

「……イチゴ大福が一個百二十円」

「じゃあ、大福は八個買えます」

「だけど、消費税がかかるから」

「ここでは消費税のことは考えるのはやめましょう。あれもまた、政府の別の問題になってきますが」

「はい」

「この紙……千円と書いた、この紙切れが大福八個に変わるのはどうしてでしょうか」

「だから……千円だからでしょ。これが千円って決まってるから」

「そうです。それを決めたのは？」

「まあ、さっきからあなたが言ってる、政府とか国家よね」

「僕は久遠《くどお》って言います」

彼、久遠はにこっと笑う。口元からきれいに並んだ白い歯が見えた。もっと笑えば、女の子にも人気が出るかもしれないのに、と思う。

「あら、ごめんなさい。じゃあ、久遠さんって呼んでいい？」

「はい。先に進みます。そうです、政府、つまり日本銀行がこれが千円と決めました。その辺のことをいろいろ突っ込むと面倒なことになるので、政府ということにしましょう」

「はい」

「政府がお墨付きを与えて、これが千円と決まってるわけです」

「お墨付きで千円」

「だから、お金というのはイコール、政府の権威なわけです。そこもいろいろ詳しくいうと面倒なことになるので、省きます。ある意味、お金というのは、政府や国家そのものなんです。だから政府やお金が本物であるという社会の信用や権威が落ちれば、お金の価値が下がることもあります。そのため、政府は偽札が作られないように精巧なお札を作ります。その技術は日本が最高だとも言われています」

「なるほど。久遠さん、やっぱり、頭いいのね」

「偽札を作るということは政府にたてつくことです。精巧な偽札が大量に出回ったりしたら、政府の権威も揺るがしかねない。お金は政府そのものですから。偽札作りは国家転覆を謀《はか》っているのと同じなんです」

「はあああ、大変なことなのね」

「だから、偽札作りって大罪なんです」

「でも、偽札作るなんて、簡単にはできないわ。久遠さんがさっきも言ったように精巧なんでしょ。印刷工場とか、技術とかがいるんじゃないかしら」

「そうです。でも、とても簡単に誰でも一瞬で偽札を作る方法があります」

「本当に!?」

「コンビニのコピー機です。カラーコピーをするんです」

「ああっ。でも、カラーコピーくらいじゃ、お札として使えないんじゃないの?」

「捕まるためでしょう? その偽札を使う必要はないんだから、カラーコピーで十分です」

　桐子は思わず、人差し指を立てて、久遠を指さしてしまった。

「なるほど、すごいっ。久遠さんすごいわ、あなた」

「でもコンビニのコピー機にはお札をコピーされないためのいろいろな仕掛けがされているると言われています」

「仕掛け？」

「簡単には偽札が作れないように」

「なーんだ」

　それでは偽札が作れないではないか。桐子は肩を落とす。

「一説には、コンビニでお札をカラーコピーするとその情報がすぐに警察に行って即逮捕されるとか、コピー機に警報が付いていて、大きな音が鳴り、コンビニ側がすぐに通報するようになっているとか言われています」

「じゃあ、コピーはできるけど、通報されるってことなの？」

「たぶん」

「それは好都合よ」

「え？」

久遠が不審な顔でこちらを見るので、ちょっと慌てた。

「いえ、仕組みがよくできてるなと思って。逮捕されるのは確かなのかしら?」

「そこまでは知りませんよ。だってやったら逮捕されちゃうから、誰もやったことないわけですよ」

「そりゃそうだ」

「でも捕まったら重罪です。通貨偽造罪で無期または三年以上の懲役《ちょうえき》と言われてます。執行猶予なんてつかないらしい」

「まあ。本当に大変。でも、ありがとう、教えてくれて。あまり人に迷惑をかけそうもないし、本当にいい犯罪だわ」

桐子は深くうなずいた。

「おもしろいなあ、一橋さん」

「え?」

「こんなことを熱心に聞いてくれるなんて。なんか、楽しかったです、僕もすごい気分転換になって、元気出た」

桐子はすぐに考え始めた。だったら、そのコピーはどこでやったらいいだろう。

久遠は手に持っていた千円札をたたんで、すっと桐子の作業着の胸ポケットに入れた。

そしてにこっと笑って喫煙室を出て行った。

考え事をしていた桐子は千円札を返すのを忘れてしまった。驚いて、それを握りしめる。外に出ても、彼はどこにもいなかった。オフィスものぞいてみたが、会議室にでも入ったのか、姿が見えない。そうしているうちに桐子のパートの時間が終わってしまった。

次に会った時に返そうと、丁寧にがま口にしまった。


平日の午後、桐子は一枚の札をバッグの奥底に忍ばせて、足早に歩いていた。

札は、昨日、銀行で下ろした。普段は数千円しかおろさないから、久しぶりに手に取る一万円札だ。

まずはコピーをするコンビニを探さなければならない。

桐子が住んでいる町は、駅を挟んで広場が二つあり、一つがタクシーやバスの乗り場、もう一つがぐるりと囲むようにチェーン系の食べ物屋、コンビニが並んでいる。駅前にコンビニはその一軒しかない。

十分ほど歩いた街道沿いに、最近、総合病院が東京から移転してきて、周囲に関係者たちが住む用の住宅がたくさんできた。また、大型のショッピングモールが車で二十分ほどのところにあって、送迎バスが三十分おきに出ている。モールの脇を荒川の支流が流れていた。

コンビニは病院近くとモールのバス停の近く、他に川沿いの住宅街の中に一軒あった。

「家の近くではなくて、池袋のコンビニにしてもいいかなあ。じゃなきゃ、新宿とか」

桐子はスマホの地図アプリを見ながら、何度も考えた。

大都市であれば近所の人に見られる危険性も少ない。

でも、池袋や新宿は事件も多い。日々、凶悪犯と立ち向かっているだろうし、警察官だって気が荒いかもしれない。いきなりぶたれたりしたら、怖い。

桐子は自然に身震いする。

なんと言っても、偽札作りはお金に対する社会の信用や国家安泰を揺るがす、大罪らしいから。やっぱり、近所のコンビニがいい。犯罪でさえも、身近な場所で起こそうとする自分が不思議だけど、人間というものは結局、土地勘がある場所でないと動けないのかもしれない。

桐子は川沿いの住宅街の中にあるコンビニに向かった。そこは今まで一度も行ったことがない場所だ。部屋だけはきれいに片付けてから、出てきた。

店の前に十台ほど駐《と》められる駐車場がある、百平米ほどの、そこそこの大型店だ。店に入ると、「いらっしゃいませー」という気の抜けた店員の声が聞こえた。

レジの前に若い女性が立っており、まとめた髪から落ちた一筋の毛束の先を指先でいじりながらじっと見ている。枝毛でも探しているのかもしれない。

店内をぐるりとまわると、パン売り場の前に中年の男性がいて、新しいパンを棚に補充していた。こちらは店長なのか。

コピー機はレジと反対側の窓際にあった。隣に雑誌売り場が並んでいる。桐子は雑誌を見るふりをしながら、横目でコピー機を見た。

――一説には、コンビニでお札をカラーコピーするとその情報がすぐに警察に行って即逮捕されるとか、コピー機に警報が付いていて、大きな音が鳴り、コンビニ側がすぐに通報するようになっているとか言われています
久遠の声がリフレインした。

眺めていた雑誌を棚に置き、横歩きでじりじりと進んだ。

コピー機を使ったことは一度だけある。俳句の会の会報の印刷を頼まれて、トモと一緒に作ったのだ。その時は使い方がわからず、まごまごしていたら、親切な女性パート店員が教えてくれた。教えてくれたというと聞こえがいいが、ほとんど彼女がやってくれた。

その時、見ていたから、たぶん、コピーくらいならできる。

じりじり進んで、やっと機械の前まで来られた。思い切って、上の蓋《ふた》のようになってい

る部分を上げると、がくん、というような、意外と大きな音がしてびくりとしてしまう。

ガラス面に丁寧に一万円札を置こうとして、迷う。

どこにおいたらいいのか。

端に寄せたらいいのか真ん中か、縦に置くべきなのか、それとも横に。

急に、人の気配を感じて顔を上げた。コピー機の上に丸い鏡があるのに気づく。店内を見渡せるように拡大鏡になっている。店長らしい男が冷蔵庫の前の通路を通ってこちらに歩いてくるのが映っていた。慌てて、札をバッグの中に入れる。

彼は店内をぐるりと歩いたあと、バックヤードの方に入っていった。途中、桐子の方を見ている気配がした。コピー機の液晶部分を読んでいる振りをした。でも、あまりに熱心に見ていると、「何をしているんですか？　手伝いましょうか？」と聞かれそうなので、そう熱心でもないよう振る舞うのに苦労した。彼が桐子の後ろを通る間、背筋がもぞもぞ、ぞくぞくするのを感じた。なんとか、素知らぬ顔で過ごす。

彼が奥に入っていくのを確認して、また、バッグから一万円札を出した。周りを見回して、ガラス面に置く。とりあえず、端っこに横に置いてみることにした。違ったら、もう一度やり直せばいい。

いや、捕まるためには一枚コピーすれば十分なのだから、失敗してもいいのだ。

なのに、どうして自分はこんなにできばえに気を使ってしまうのだろう、と思うと、おかしくなった。

とにかく、端にぴたりと置いて、カバーを下ろし、液晶部分を見つめる。

まずはカラーと白黒からカラーを選び、大きさを選び（一番小さなＢ５サイズにした）、両面コピーにした。なんとカラーの両面コピーは百円もする。

「高いわねえ」

思わず、小声でつぶやきながら、がま口を出し、百円玉をコピー機に入れる。

ここまではなんとかできた。あとは、コピーのスイッチを押すだけだ。そっと「スタート」と書かれた四角い部分に指を合わせる。しかし、なかなかそれを押す勇気が出ない。押せばいいのよ。一回これを押せばコピーができる。そして、私は犯罪者になれる。なのに、指に力が入らない。

何度も指を伸ばしては、「はー」とため息をつき、それをやめ、また、指を置いて、やっぱり押し切れなくて、ため息をつき……。

「すいません！」

隣から声を掛けられて、ドキリとしてふり返った。

大学生くらいの若い男が立っていた。

「すいません。コピーするんですか？　しないんですか？　終わったなら、代わってほしいんですけど……」

彼は片手にノートを持っている。もしかしたら、友達か誰かに借りたノートかもしれない。急いでいるのか、小刻みに身体を揺らしている。

「コピーの仕方がわからないなら、教えますけど？」

「あ、あの、あの」

「すみません。じゃなきゃ、代わってもらえませんか？　俺、一枚だから、すぐに終わるんだけど」

「あら、あら」

どうしたらいいのかわからない。ここでスイッチを押して、両面コピーされたお札を見たら、彼はどうするだろう。

「あの、わたし」

彼は不審そうにこちらを見ている。あわあわするだけの桐子を見て、少しぼけていると思ったのかもしれない。

「じゃあ、いいよね」

彼はぐっと足を踏み込んで近づくと、コピー機のカバーに手を掛けようとした。

「あ、だめ」

「だからっ！」

「あ、ちょっと待って」

その時、若い女の声が彼の反対側から聞こえた。

「大丈夫。あたしがやるから」

レジの前にいた女性店員だった。彼女は桐子と大学生を押しのけるようにして立ち、こちらに背を向けてカバーを開けた。そして、桐子の一万円札の上に手を広げ、がばとわしづかみにしてそれを自分のポケットに入れた。

「あ」

「どうぞ」

大学生の方に言った。彼女がなかなかきれいな女の子で、満面の笑みを向けたからか、へどもどしていた。

「あ、ありがとう」

彼は礼を言ったが、彼女はもうほとんどそちらを見ずに、桐子の腕を取った。

「おばあちゃん、だめじゃない。こっちこっち」

そして、桐子の手をつかんだまま、コンビニの自動ドアの方に引っ張った。

「榎本《えのもと》さん」

中年男が奥から出てきて、後ろから声を掛けた。

「大丈夫？」

「店長、大丈夫です！　あたし、知り合いだから」

え、知り合い？　思いがけない言葉と展開にぼんやりしている桐子と二人、店の外に出た。

「だめじゃん」

店長や学生から見えないくらいの場所まで来ると、彼女は手を放して言った。

「だめだよ。コピー機でお金を印刷しても使えないんだよ、おばあちゃん」

榎本と呼ばれた女は、ポケットから一万円を出して桐子に渡してくれた。確かに、胸の名札に「エノモト」と丸っこい片仮名で書かれていた。

「コピー機は精巧だけど、さすがにお札を印刷しても、すぐ見抜かれるし、それがわかったら、あたしたちも警察を呼ばなきゃいけなくなるよ」

榎本は諭すように優しく言った。

「ね、おばあちゃん」

彼女はすっかり、桐子を、お札をコピーして使おうとするくらい、老いたかわいそうな老女、と思っているらしい。

「違うの、違うのよ」

「違うって何？」

「私は捕まりたいの。刑務所に入りたいのよ」

正気？　とこちらの顔をのぞき込む榎本に、桐子はうなずいた。

「雪菜《ゆきな》ちゃーん」

コンビニの店長が自動ドアのところに立って呼びかけている。

「家族の人が来てるなら、もう上がっていいよお。チャンさん、来てくれたし」

雪菜と呼ばれた彼女は腕時計をちらっと見る。三時五十分だった。

「ラッキー」

桐子ににこりと笑いかけた。

「じゃあ、家族のふりをしてもらいますか」

「あの店長、普段はなかなかタイムカード押させてくれなくって。ああいう機嫌のいい時はすかさず帰らないと」

だから、送ってくよ、と言って、雪菜は桐子と歩き始めた。歩きながら、スマホをぽちぽちと叩いているのが、今時の高校生らしい。

「名前は？」

スマホを見ながら尋ねる。

「あ、桐子です。一橋桐子」

「ふーん。真面目そうな名前だね」

「そうかしら……あの、ごめんなさいねえ。送ってもらっちゃって」

「最初から変だなあと思ってたんだよ」

雪菜はつぶやく。

「なんか、うろうろしているし、こっちをじろじろ見ているし」

どうも、自分は挙動不審なようだ。これから犯罪をするにはそこを直さなければいけないな、と反省した。

「でも、刑務所に入りたいって、どういうことなの？」

桐子は歩きながらぽつぽつと説明した。

親友が亡くなったこと、生き続けると約束したこと、もう親しい人は誰もいないこと、貯金も底をついたこと。

刑務所に入れば、住むところと食べ物は用意してもらえる。仕事もあるようだし、病気になったら医者にも診てもらえるらしい。さらに、介護が必要になったら、それも受けられる。

「なるほどねえ」

雪菜はふーんとため息をついた。

「ちょっとわかるわ、その気持ち」

眉の間にしわを寄せてうなずいた。若い人に同意してもらえるとも思えなかったし、その表情がなんだか、幼子《おさなご》が大人ぶっているように見えて、桐子は思わず吹き出してしまった。

「ひどいなあ、笑うなんて」

「だって、これから輝かしい人生が始まる人が、何を言っているの」

「大人って、必ず、そういうこと言うよね」

雪菜はため息をついた。

「若いのに何言ってるの、若いんだからなんだってできるじゃない、若くてうらやましい」

「まあねえ。だって、本当にうらやましいんだもの」

「うちらの未来なんて、灰色じゃん。これからどんどん人口は少なくなっていくし、日本がじり貧だって誰もがわかってるのに、なんの対策もされてないしさ。日本の借金が千兆以上もあるのに増えていくばかりだし。あたしが政治家で日本の未来を本当に考えていたら、どうにもしようもなくて自殺するわ。ていうか、逆に言ったら、自殺しない政治家って信じられなくない？　真剣に考えてない証拠だもん。年寄りは増えるばっかりで、これから取られる年金がどれだけ高くなるか……あ、ごめん」

雪菜の話を聞いていると、桐子は大人の代表のようで申し訳なくて身がすくむ。

「桐子さんのことを責めてるわけじゃないから」

「いえ、本当にそうよ、まさにそう」

「だから、責めてないってば」

「でもね、生きていかなくちゃならないのよ。この命がつきるまではね」

小さな声でささやいたつもりだけど、雪菜には聞こえたらしい。

「そうだね」

「幸か不幸か、腰が痛かったりする以外は、どこも悪くないの。掃除の仕事をしているからか、身体も結構頑丈でね。血液検査なんかもいつも正常。本当に、いつまでも死ねないんじゃないかって心配になるのよ」

「だから、桐子さんは刑務所に入って、自分の始末をつけようっていうんでしょ、立派だよ」

「ね、雪菜さんも、何かいい犯罪を思いついたら、教えてちょうだい」

「考えとくよ。ちょっとおもしろそう」

アパートまで来てくれた。

「うちはここよ」

「かわいいアパートじゃん」

かわいい、という形容詞は今まで考えてなかった。けれど、若い女の子にそう言われると、悪い気はしなかった。

「ううん、いろんな人が住んでいるから、結構、大変なのよ」

「ここで、いくら？」

「家賃？　二万八千円」

「あのさ、ちょっと寄っていっていい？」

「え」

雪菜はもじもじと高校の制服のミニスカートから伸びたすらりとした脚を動かして、砂に丸を描いた。

「大学になったら、自分で部屋を借りて自立したいんだ。こういうアパートがどんな感じなのか見てみたくて」

　ふっと、前に他人を家に入れて、お金を盗られたことを思い出す。けれど、もう、今は現金も預貯金も家には何もない。

「いいわよ、なんにもないけど、お茶くらいならごちそうする」

　部屋に入った雪菜はものめずらしそうにきょろきょろと見回した。こたつを勧めると、素直に入ってきた。

　お茶を淹れて、冷蔵庫に何かないか、と見回すと、サツマイモがあった。大きな芋が二本で百円だったのだ。このままレンジでチンしても食べられるが、少し味気ない。手早く一センチ角に切り、小麦粉と砂糖をまぶしてカップケーキのように形を整え蒸し器で蒸した。

　鬼まんじゅう、という東海地方のお菓子で、素朴なものだが、簡単だし、サツマイモを丸ごとふかすより時間もかからない。

「雪菜さんは東京の大学に行きたいの？」

「うん、とりあえず、日本の大学に行って、そのあと留学して、日本脱出するつもり」

「あらまあ、日本脱出」

「そう」

そんなことをぽつぽつ話しているうちに、鬼まんじゅうもふかし上がり、皿に盛り付けて出した。

「こんなものだけど。熱いから気をつけて」

雪菜はまた素直に手を伸ばし、頬張り目を見張る。

「おいしいねえ。あたし、こんなおいしいもの、初めて食べた」

素直な賛辞が嬉しかった。

「そんなことを言われたのはこっちも初めてよ」

鬼まんじゅうは、トモがお義母《かあ》さんに教えてもらったお菓子だった。トモとの生活や、彼女がいろいろ苦労してきたことなども話してしまう。

「実はね」

雪菜が言った。

「本当は、アパートの中を見せてもらいたいって言うのは嘘じゃないけど、あたし、今日は行くところがなかったんだ」

「え？」

「家に帰っても誰もいないし、友達と会おうとして、さっきＬＩＮＥしたけど、その子もなんか用事があるらしくて」

「そうだったの」

「お父さんもお母さんも働いてるし、二人とも、いろいろあって」

あんまり家にいたくないんだ、と雪菜は小さな声で言った。

「桐子さん、LINE交換しない？ また、どこにも行けないときに、来てもいい？」

「いいけど、掃除の仕事がない時にね。私は早朝の仕事がほとんどだから、午後は家にいることが多いけど」

「うん」

雪菜に教えてもらいながら、お互いのスマホを近づけてIDを交換した。

結局、彼女は六時頃まで一緒に夕方のワイドショーを観、桐子が作ったおにぎりまで食べて帰って行った。彼女の無防備さがどこか危なっかしいと思い、「私はいいけど、簡単に他人について行ったりしたらだめよ」とつい注意してしまった。雪菜は笑っていた。

人というのはそれぞれ孤独を抱えているのだわ、と思いながら、桐子は彼女を見送った。

しかし、彼女がまた来てくれるかもしれない、と考えると心に明かりが灯《とも》るような気がした。同時に、もう来てくれないかもしれない、とも思う。

若い人だもの、他にたくさんお友達がいるし、きっとすぐ忘れてしまうかも。

たとえ、雪菜が二度と来てくれなくても、がっかりしないようにしよう、と思った。あまり期待しないように、人生に期待しないように生きよう、そう思いながらワイドショーの続きを観ていたら、こたつで寝てしまった。

第三章　闇金

ちんちん、がらがら、ちん、がらがら。じゃらじゃら、じゃら、じゃら。

桐子は正直、この場所があまり好きではない。音があまりにも大きすぎるし、皆、煙草を吸いすぎる。ここにくると、普通のオフィスの喫煙コーナーを掃除するのとは比にならないような煙を吸い込み、髪が煙草くさくなる。

別に賭《か》け事がいやだとか、来ている人間に偏見があるわけではない。ただ、苦手なのだ。

いつもは、「パチンコ店だけは勘弁して」と頼んである。けれど、今日はいつもそこを清掃していて、皆に「健《けん》さん」と呼ばれている（それがあだ名なのか、本名なのか、よく知らない）六十代の老人がインフルエンザで来られなくなって、清掃会社の社長に「お願い、一橋さんしか頼めない」と電話で懇願《こんがん》された。彼が時間を調整し、オフィスビルの方は少し時間を短縮して午後三時から六時、パチンコ店に午前十時から午後二時、毎日行くことになって、仕事量が倍になった。もらえるお金も倍だ。

──もう歳だし、時には嫌な仕事もしないとね……。

心のどこかに、そんな卑屈《ひくつ》なものがあるのを自分でも感じていた。こうして頼み事を聞いていれば、将来少しは良くしてくれるかもしれないと期待しているのを心の片隅に感じる。

一方で、「あなたにしか頼めない」と言われたことは悪い気もしない。お金ももらえるのだし、必要とされているのはやっぱり嬉しいことだ。それでも、頭ががんがんする音はきつい。年寄りになると、耳が鈍感になり、轟音《ごうおん》や高音に耐えやすくなるという話を聞いたことがあるが、まだ慣れることができない。いわゆる騒音のたぐいとは、一段階違うレベルの音だ。

パチンコ店のトイレは皆が思っているほど汚くはない。店員たちがこまめに回ってくれているし、男性トイレの方がずっと多いからそう手間はかからない。ただ、パチンコ台のわきの小さな灰皿は手際よく片付けないと、時々、お客さんの腕に手が当たってしまったりして「ちっ」と舌打ちされたりする。

──健さんは、よく、こんなところに毎日来られるよねえ。

彼自身がパチンコ好きで、この音も臭いもまったく気にならず、むしろ楽しくて仕方がないのだそうだ。毎日の仕事だけでなく、週一の休みの日には朝から並んで打っていくらしい。店員たちと仲良くなれるのも嬉しいようだ。もちろん、今時は厳しいから、よく出る台だとかを教えてもらえるわけでもないと言っていた。

——賭け事っていうのはそんなに楽しいのかしらね。

それでも、意外なことに、パチンコ店の人間関係は思っていたほど悪くない。オフィスビルなどには時々、驚くほど横柄《おうへい》な中年社員がいることがある。でも、ここの社員は皆若くても桐子たちにも優しい。客の中には「おばあちゃん、ありがと」などと声を掛けてくれたり、あまった玉でもらったチョコレートなどをチップ代わりにくれたりする人もいる。

店の片側には、ガラス戸で隔《へだ》てられたスナックコーナーがある。そば、うどん、たこ焼き、焼きそばなど、レンジでチンするだけの食べ物が売られ、コーヒー、紅茶などのソフトドリンクはただで飲めるようになっている。簡単なテーブルと椅子があって、そこの掃除も桐子の担当だった。音もかなり遮られる。

「あれ、見ない顔だね。いつもの人と違うよね」

六十は過ぎていると思われる、小太りの女性が話しかけてきた。彼女はスマートフォンをいじりながら、片手に無料の緑茶の紙カップを持っていた。薄いダウンジャケットにパンツ姿だ。下に着ているとっくりのセーターはブルーのラメの薔薇《ばら》のつぼみの模様が入っている。眉が下がっているのがどこか優しそうに見える顔立ちだった。

「ほら、あのいつものちょっと男前の……」

「健さんですか」

はて、あの人、そんなに男前だったかしら、と思いながら答えた。今までそういう目で見たことはなかったが、百七十五センチくらいとあの年代としては長身だし腹も出ていない。いつも白髪交じりの髪を短く刈って清潔感がある。好みに合えば、男前と言えなくもないかもしれない。

「そう、あの人、どうしたの？」

「それがインフルエンザでね」

「嫌だ。かわいそう。今年のはお腹にくるって言うじゃない」

「そうなんですか、怖いですねえ」

「年寄りはインフルだってこじらせたら命取りだもの」

「ねえ」

そのまま、しばらく立ち話をしてしまった。

「あなたはパチンコはしないの？」

「打ったことないんですよ」

「そう。じゃあ、この音は堪《こた》えるでしょう」

「ええ」

たとえ、派遣されて来ていると言っても、相手はお客さんだ。パチンコについて否定的なことも言えなくて、曖昧《あいまい》に微笑む。

「打つようになれば、音がぜんぜん気にならなくなるのよ」

「そうなんですか！」

「あたしも昔、亡くなった主人に連れられてきた時はうるさくてびっくりしたもの。でも、今はこの音がいいのよ」

「そういうものですかねえ」

やっと音のなぞが解けた気がした。

「家に一人でいても仕方ないから、仕事のないときは来て、パチンコ打ったり、ここでお茶飲んだり」

「仕事は何をしているんですか」

「介護よ、介護。この歳になったら介護しかないじゃない。早番が終わったら、着替えてここに来るの」

「介護も大変そうですねえ」

そこまで話した時、彼女は急に上目遣いになって尋ねた。

「ねえ、あの健さんっていう人、独身だって聞いたけど、彼女とかいるの?」

本当はそれが聞きたくて話しかけてきたのかもしれない。

「さあ、どうでしょう。あんまり話したことがなくて」

「そう」

あからさまに肩を落とす。

「今は休みだから本人には聞けないけど、会社の人と話すことがあったら聞いてみましょうか」

「そうしてくれる? ありがと。あたし、美知枝《みちえ》っていうの」

「私は一橋です。一橋桐子」

別れ際に「パチンコする気になったら、言ってよ。教えてあげるから」と言われた。

そう言われても、と思いながら、彼女が立ったあとのテーブルを拭く。

——いくら、この音が気にならなくなると言われても、そのためだけに簡単にパチンコに手を出すわけにもいかないわよねえ。

前に万引の取り締まりをしていた律子が「万引はギャンブルで、一度覚えたら快感になって立ち直るのはむずかしい」と言っていたことを思い出す。

——パチンコは本当のギャンブルだもの。怖い、怖い。

入り口のわきにずらりと老人たちの車椅子が並んでいるのも、最初は驚いたが、今は見慣れた光景になった。

家の人に連れてきてもらうのか、介護ヘルパーに連れてきてもらうのか、それとも、自分でここまで乗ってくるのか。朝、桐子がここに入ってきた時にはもう、何台もの車椅子が並んでいる。

彼らも、パチンコ台の前の備え付けられた椅子に座ってしまえば、他の客とかわらない。

――介護士も介護される人も、皆、結局、ここに来るんだわ。

それを嘆《なげ》いてもしかたがないような気がした。


大きな音に耐えながら仕事をして、さらにオフィスビルに回ると、背中がぎしぎし痛んだ。身体を引きずるようにして帰宅した。

アパートの階段を「よっこいしょ、よっこいしょ」と小さな声を出しながら上がり、ふと自分の部屋のドアを見たら、ドアノブにスーパーのレジ袋が下がっている。そこからはみ出ている枝振りに見覚えがあった。重たい身体を押して、小走りに駆け寄った。震える手で袋を開く。

「まあっ」

それはライラックの木の鉢植えだった。やはり、どことなく、幹や枝に記憶があるのは間違っていなかった。あの庭に植えていたものを鉢に植え直してくれたもののようだ。慌てて部屋に入り、靴を脱ぐ間ももどかしく、スマホを手に取った。まず、不動産屋の電話番号を押した。

電話口に出た相田に、事の次第を話す。

「このライラックの木、もしかしてあなたが持ってきてくださったのかしら」

「いいえ、私じゃありません。もしかしたら、大家さんご本人かもしれません。時々、アパートの方を見回ったりもしているみたいだから、その時に届けてくれたのかも」

確かに、庭を整理した時に抜いたのを鉢植えにしてくれたのだったら、そんなことができるのはあの、メガネを掛けた大家の門野くらいしか考えられない。

「今度、聞いておきましょう」

「そうですか。大家さんだったら、重々お礼を言っておいてください。本当に嬉しいって」

「わかりました」

電話を切って、改めてライラックの木を見る。

掘り出された時の状態がどうだったのかわからないが、枝は少し刈り込まれている。もう葉もほとんど落ちてしまっているし、もちろん花は一つもついていない。人から見たら、つるっぱげの情けない見た目の木だ。

六号くらいのプラスチックの鉢だった。手持ちの鉢を使ってくれたのか、新しい物ではなく、少し傷もついている。けれど、ちゃんと水受け皿を入れてくれて、すぐに室内に置くことができるようになっていた。その心遣いが嬉しいと思った。大家は植物を育てている人かもしれない。一時はとんでもない家を押しつけてきたと恨んだ相手だったが、急に見直してしまう。

「あんた、生きていたんだねえ」

窓辺に出し、グラスで水をやりながら思わず声を掛けてしまった。

「また、庭のある家に住めたらいいねえ。そしたら、あんたを植え直せるのにねえ」

こんな狭く、寒いアパートに来たライラックが不憫《ふびん》だとも思う。しかし、そんなことは夢のまた夢だ。

自分はもう庭付きの家に住めることなんてあり得ないのだ……。

そこまで考えてびっくりした。自分は刑務所に入ろうと考えているのに、庭付きの家に住みたいだなんて……こうして生き物と一緒にいると急に思考が前向きになってしまうのかもしれない。

――責任が生まれるんだね。この子を育てなければならない責任が。

今の自分には、この木を育てる資格はないのかもしれない。だけど。

――では、誰が育てるかといったら、やっぱり私しかいないのではないだろうか。他の人から見たら、ただのつるっぱげの木だもの。

自分が刑務所に入ったら、この木はどうしよう。大家さんが引き取ってくれないかしら。このアパートの片隅に植えたら怒られるかしら。

そんなことを考えながら、その日は眠った。


翌日も、パチンコ店に向かった。

前日、少し客と話したからか、ほんの少し、この場所に親しみが生まれたような気がする。騒がしい音は相変わらずだが、その音が必要な人もいるということがわかったからだ。

――こういう場所でも、誰かといたい、音や光を見たいっていうのは皆、同じなのかもしれないねえ。

三日目になって、挨拶したり、会釈してくれる客も増えた。

「おばちゃん、はい、これ」

灰皿を片付けようとした桐子に箱に入ったチョコレートを渡してくれたのは、昨日も同じものをくれた男だ。

「あら、まあ、いいんですか」

桐子が遠慮しながら手を伸ばしたら、「お前、また、そうやって無駄遣いするっ」と隣の男が小さく怒鳴った。驚いて、手を引っ込める。

「あ、ごめんごめん、あんたに言ったんじゃないんだよ。こいつが悪いの」

怒鳴った男が笑顔で桐子に謝った。

彼らは端の方にある、一円パチンコの台で、いつも仲良く並んで打っている。年齢は桐子と同じか少し下だろうか。

「これはあまり玉だからさ。いいじゃない」

怒鳴られた側が上目遣いに、彼をうかがう。

なんだか、自分が悪いことをしたようで桐子はいたたまれない。

「おばちゃんのせいじゃないの。だけど、俺さ、こいつに金貸してるから」

彼は片手の親指と人差し指を丸めて見せる。

「つい、厳しくなっちゃうの、ごめんね」

「じゃあ」

二人に勧められて、おそるおそる、チョコレートをポケットに入れる。

「ありがとうございます」

礼を言いながらそこを離れた。

「お前がしっかりしないから、おばちゃんを驚かせちゃったじゃないか」

「悪かったなあ」

言葉ほどでない、のんびりした声が背中に聞こえた。


しばらくして、スナックコーナーに行くと、タバコの販売機の前で、その二人がやっぱり仲良くコーヒーを飲んでいた。

「さっきはごめんね」

チョコレートをくれた方の男がまた気安く声をかけてくれた。

「こいつが悪いのよ」

怒鳴った方が親指で彼をちょんちょんとつつきながら、笑う。

本当に、言葉ほど仲が悪い訳ではないようだ。もしかして兄弟だろうか。

「まさか、こんな弟がいたら困るよ」

尋ねると、お互いに、必死に否定する様子がおかしく、思わず、笑ってしまう。

「名前だってちゃんと違うよ。おれ、秋葉《あきば》、こっちは戸村《とむら》」

「じゃあ、お友達なんだ」

そう言うと、二人は顔を見合わせた。

「友達かね、俺ら」

そして、何がおかしいのか、わはははは、と笑う。

細身の秋葉の方は白いシャツにグレーのツイードのジャケットを着ている。戸村は中肉中背、紺のジャージを羽織っていた。どちらもいかにも年金生活の老人らしい姿だ。

「俺ら、とりだけど、おばちゃんは？」

干支《えと》を聞いているらしい。

「申《さる》よ」

「先輩だね」

「お姉ちゃんじゃん」

二人は楽しそうだった。

「じゃあ、二人は同級生？」

「そうだけど、学校とかは違うのよ」

「ここで仲良くなったの？」

また、二人は顔を見合わす。そして、戸村の方がちょっとうなずいて、話し出した。

「実は、さっきも言ったように、俺がこの人にお金を借りてるの」

秋葉を指さして言った。

「借金で仲良くなったってこと？」

すると、今度は秋葉の方が説明してくれた。

「俺に借りてるって言うか、俺の会社にね」

「会社？」

「闇金さ」

その言葉は桐子でも知っている。闇でお金を貸してる場所。法外な金利を取って、ヤクザなんかがやってる会社だろう。

そのおどろおどろしい言葉と、二人ののんびりした様子がそぐわない気がした。

「戸村は闇金にちょっとお金を借りてて、年金の支給日に少しずつ返すことになってるの。だけど、額が少額だからさ、会社の方も取り立てなんかするの、面倒でしょ。だから、俺みたいな同じ老人が、支給日に老人たちを回って返してもらってるわけ」

「へえ、なるほど」

「そうやって会っているうちに戸村とはなんか気が合って、一緒にパチンコに来るようになっちゃって。お互いに独りもんだし、暇でね」

「そういうことよ」

「へえ」

取り立て屋と借金をする人、そういう友達付き合いもあるのか、と感心してしまう。

「実は、俺も昔は闇で金を借りてたんだけどさ」

秋葉が声を潜める。

「俺はすぐに全額返したの。そしたら、それが評価されて、闇金にスカウトされたわけ。今は回収したお金の五%をもらってる。ちょっとした小遣い稼ぎよ」

「同じ老人に回収させるって、よく考えたもんだわねえ」

感心してしまった。確かに、老人なら時間は有り余るほどあるし、少しのお礼金でも喜んで手伝うだろう。

「でも、その金をまた、戸村に貸したりしてさ。ぜんぜん意味ないのよ」

二人は声を合わせて笑った。

「おばちゃんもお金借りたければ言ってよ、連絡先、渡しとくから」

秋葉は本当に、桐子に名刺をくれた。そこにはちゃんとした会社の名前と住所が書いてあった。

「パチンコ店でお金に困ってる人がいたら、俺のこと、教えてくれてもいいよ。お礼するから」

「まあ、そうなの。でも、私はずっとこのパチンコ店にいるわけじゃないのよ。健さんが病気の間だけ」

「もちろん、別のところで紹介してもいいからさ。俺らじゃ、女の人は怖がって引いちゃうじゃない。そこいくと、おばちゃんならうまくいくかもしれない。金利だって法定金利以下、大手のキャッシュローンと変わんないんだから」

闇金の手伝い。

それはよくわからないけど、もしかしたらなんらかの犯罪に繋がるのではないだろうか。

そう思ったら、急にわくわくしてきた。

どういう罪になるのかはわからない。だけど、なんたって「闇」だ。

犯罪と関係ないなら「闇」なんて言わないだろう。

「ねえ、それって、何か……あのお……悪いことじゃないの？　警察に捕まったりしないの？」

名刺を見ながら、おそるおそる尋ねる。

「犯罪？」

二人はまた顔を見合わす。こうしているとやっぱり本当の兄弟のように見える。

「どうなの？　これって犯罪なの？」

「さあ、よくわからないが、別にそこまで悪いこととも思わないけどな。ちょっと困った時にお金を貸してくれて、年金で返すだけだし。老人じゃ、銀行で金を借りるわけにもいかないし」

「人助けだよな。あ、でも」

秋葉が真顔になる。

「兄貴からは、あんまり強引に取り立てするなよ、とは言われている。会社に行ったり、夜、家に行ったらだめだって。そういうことすると犯罪になるとは言われた」

「なるほど」

これはよく調べた方がいいかもしれない。うまくすれば、犯罪でつかまることができるかもしれない。

「兄貴って誰？」

「闇金の会社の社長。今は足を洗ってるけど、昔はこれもんだったらしい」

秋葉が手で顔を切る仕草をする。ヤクザということだろう。

「秋葉さん、そんなこと言ったら、おばちゃんが怖がるじゃん」

戸村が慌てて言う。

「あ、ごめん。でも、おばちゃんにはそんなことはさせないからさ」

桐子が真剣な顔でうなずいているのを勘違いしたのか、秋葉が取りなすように言った。

「安心していいからね」

いいえ、私はもっと危険なことがしたいのよ、と言いたいくらいだったが、それは飲み込んだ。


その日の仕事終わり、スマートフォンにめずらしく着信があるのを見つけた。

アパートに帰り、きちんとこたつに入ったところで返信する。桐子は雪菜や今の若い人たちみたいに、立ったまま、歩きながら電話できる世代ではない。転んだりしたら、それこそ、大変だ。

電話の相手は、俳句の会の世話人の一人、友岡明子《ともおかあきこ》だった。

「俳句の会」は市役所主催のカルチャーセンターの「俳句教室」が元になっていた。予算削減と不人気のせいで終わったあと、その集まりを惜しんだメンバーたちが自発的に始めたのが今の会だ。当時の創立メンバーが世話人に名を連ねていて、皆、八十代となり高齢になってきたので、時々、新しい人を入れる。

明子は六十二歳とかなりの「若手」で、人前ででしゃばるような性格ではない。けれど、几帳面《きちょうめん》でしっかりした人柄を見込まれて、昨年から世話人になっていた。

「もしもし、あの、わたくし、一橋桐子ですが、ごめんなさい、そちらからお電話いただいたみたいで。私、仕事中だったものですから……今、大丈夫ですか？」

「あ、一橋さんですか、こちらの用件なのに、お電話いただいて、すみません。はい。大丈夫です。家ですから」

「お食事中じゃなかった？」

「今、終わったところで」

遠くに、テレビの音がする。誰か家族がいるのだろうか。あまり話したことはないけれど、友岡さんは一人ものだったか、それとも結婚しているのか、と桐子は考えた。六十代なら子供と住んでいても不思議はない。

「あら、お早いのねえ。友岡さんはお子さんがいらっしゃったかしら」

「いえ、うちは子供はいないんですよ。夫は定年後もまだ働いているのですが、現役時代と違って、定時に帰ってきますので、自然と、夜ご飯も早くなって」

「まあ、ご一緒でいいわねえ」

「いえいえ。私の方は前よりむしろ忙しくなってしまって」

温かみのある声は笑みを含んでいた。きっと充足した生活を送っていらっしゃるんだわ、とうらやましく思った。

自分よりずいぶん若いとはいえ、彼女のように落ち着いた、老年の女性と話すのは久しぶりのような気がし、どこかほっとした。このまま、いつまでも世間話を続けていられたらいいのに、と思ったけれど、明子とはそう仲が良いわけでもなく、これまでほとんど話したこともない。俳句の会ではいつもトモと一緒に行動していたから、他のメンバーときちんと話したことがなかった。

こんなにのんびりしていたらいつまでも話がつきない、向こうはご主人が家にいるんだし、と桐子は話を元に戻した。

「旦那さんがいらっしゃるのにごめんなさい。お電話のご用件は……」

「こちらこそ、失礼しました。いえね、最近、一橋さん、俳句の会にいらっしゃらないでしょう……宮崎さんが亡くなられて、お寂しいことかとは思うんですけど……こちらも、宮崎さんだけでなく一橋さんがいらっしゃらなくなって、一度にお二人が抜けられたような具合で……なんだか、ごっそり、人が少なくなったようで……もしよろしければ、またいらっしゃらないかしら、と思って」

明子の言葉の途中から、じわりと涙がにじんできた。

「わたくしどもも一橋さんがいらっしゃらなくて寂しいんですよ……まだ、しばらくは続けて出てくる気分にならないかもしれませんが、いつか、また顔を出していただきたくて、図々しいかとは思いましたが、お電話させていただきました」

「ありがとう」

お礼を言ったきり、しばらく言葉が出ない。電話の向こうで、明子はじっと待っていてくれた。

「ありがとうね。そんなふうに言っていただけると、私も嬉しいわ。トモが、宮崎さんが亡くなったあと、いろいろ片付けがあったりして」

そこまで、声を震わせないようにゆっくりと言葉を繋いだ。

「ええ、ええ、そうですよね」

明子は向こうでそれを察してくれているのか、優しく相づちを打ってくれた。

「なかなかうかがう時間がなくて。引っ越しもしましたしね」

「あ、お家《うち》を変わられたんですか。それは大変ですねぇ」

「そうなの。でね、前は宮崎さんと一緒に俳句を作ってたんですけど、その相手もいないから、俳句を作る気にもならなくて」

「ですよねえ。でも、もちろん、一橋さんはわかっておられるでしょうが、うちの会は俳句を作らなくても出席していただくだけでいいんですよ。気分転換にいかがですか」

「そうね、私も家にいるばかりで、外出と言ったら仕事だけだから、出なくちゃね」

「来月のお題は、つばめ、木蓮《もくれん》、薄氷《うすらい》です」

「まあ、いいお題だこと」

「初春ですから、あまりむずかしいお題でなくて、楽しく、動物や植物の季節のことを詠めればいいな、ということになりました」

お題は、毎回、会の最後に話し合って決める。いくつか希望を募り、多数決を取るのだ。

「私もがんばって、考えてみるわ」

すると、明子は話を変えた。

「そういえば、三笠さんも最近、いらっしゃらないんですが、一橋さん、ご存じですか?」

三笠隆。嫌な思い出がよみがえり、一瞬、返事ができなかった。

「三笠さん……?」

「ええ。一橋さんたち、三笠さんとも仲が良かったじゃないですか」

「いえいえ、とんでもない。私たちは別に。あの人とはぜんぜんお付き合いもなかったですよ!」

自分でも不自然かと思うほど、強く否定してしまった。

三笠隆……まるでトモとのことを共に悼《いた》むためのように呼び出しておいて、若い女を連れてきた男、しかも、俳句の会ではハレンチな句を詠んで。

そうだった、あの男の、若い女との一件を見たくないから、俳句の会に行きたくないのもあるのだった。

しかし、こうして明子に誘われてみると、そんなことであの会を欠席するのが馬鹿らしくなってくる。

「あれじゃないですか、ほら、三笠さん、あの若い女性とのことがあるから……」

「ええ、そういえば、新しい奥様を一度、一緒に連れてこられてましたね」

もう、奥様になっているのか、あの女。どっちでもいいけど！

「あ、まだ奥様じゃないのかな。でも、同居されて張り切ってらした」

「でしょ。だから、俳句の会なんかには出てこられないいんじゃないですか」

「やっぱり、そうでしょうか。でも、一時期はむしろ積極的に出席するようになられて、若い奥様をもらうとやる気がでるのかな、と思ってました。それが急に来られなくなって。実は三笠さんの方にも電話してみたんですけど、誰も出られないんです」

「それは、携帯の方？　自宅の電話の方？」

「両方。三笠さんも引っ越されたので電話番号も変わられたかもしれないので、どちらにもしてみたんですけどね」

三笠の名前を聞いて、一瞬、イラッとした気持ちが少しだけ心配に変わる。自宅の電話に出ないなんて……あの女がいながら、どういうことなのだろう。

「もしかして、ご病気かなんかかと……一橋さんなら、ご事情をご存じかと思って」

「いいえ、ぜんぜん、知りませんよ」

「何かわかったら、教えていただけますか」

明子は三笠隆の新しい自宅の電話番号と住所を教えてくれた。家はここからそう遠くないとわかった。

そのあとは少し世間話をして、電話は切れた。


翌朝もパチンコ店に向かった。

裏の従業員出入り口を通って、顔見知りになった警備員と挨拶を交わしたり、更衣室の片隅を使わせてもらったりしていると、この場所にもほんの少し愛着がわいてくるのを感じた。

清掃会社の社長からは「健さん」のインフルエンザの治療はうまくいっており、もう薬で熱は下がっていると聞いた。順調にいけば、来週からは出勤できるらしい。

――どんなところでも、三日通えば故郷だよねえ。この音にはなかなか慣れないけど。でも、ここはやっぱり、健さんみたいなパチンコ好きな人が来た方がいい。

まずは全体を一周回って、灰皿から煙草の吸い殻を集める。そんな時も「おはよ」と声をかけてくれる客がいた。今日はまだ、あのコンビ、秋葉と戸村は来ていない。

慣れてくると、人々の行動も見えてくる。

あまり出ていない客はいらいらと貧乏揺すりをして、千円札をつぎつぎと台の脇に差し込んでいる。そんな時は灰皿を片付けるのにも気を使う。手が触れたりしたら、怒られるかもしれない。千円の投下が終わるまでタイミングを計って、手を差し出す。

――千円をあんなふうにどんどん入れて……お金がいくらあっても足りないねえ。確かに、ここで金貸しをしたら儲かるかも。

スナックコーナーに行くと、また、美知枝がいた。今日は百合《ゆり》の花の模様のセーターを着ている。よくよく見ていると、花の柄が好きな人なのかもしれない。

「おはようございます」と声をかけると、スマホをいじる手を止めて、にこっと笑った。

「あのね、この間、聞かれた健さんのことですけどね」

彼のことは、今朝、社長と話した時にさりげなく尋ねておいた。健さん、一人で闘病しているなら、つらいですねえ、と。

「ああ、大丈夫、大丈夫、あの人はあれでなかなかモテるから、なんだかんだ、女がいるみたいよ」

「結婚してるんですか？」

「いや、籍までは入れてないけど、一緒に暮らしているみたい。小料理屋の手伝いをしていた女の人で料理がうまいんだってさ」

そうか、それなら美知枝さんの片思いなのだわ、と考えていたら、「あれ、もしかして、一橋さんも健さんのファンなわけ？」と勘違いされて閉口した。

「違う、違う」と必死に否定したものの、「いいよ、いいよ、健さん、結構かっこいいもんね」となんだか勝手に納得されてしまう。

「本当に違いますって」

実はこれこれこうで、パチンコ店に彼のファンがいるのだ、と結局全部、打ち明けてしまった。まあ、パチンコ店の客と社長が顔を合わせるようなことはないだろうから大きな問題にはなるまい。

社長の誤解を解くことはできたけど、「へ、へ、へ、へ、俺はかまわないけどね」となんだか、おかしな笑い方をしていたっけ……。

「実は会社の人にちょっと聞いてみたんだけど、もしかしたら、付き合ってる人がいるかもしれないって」

一緒に暮らしてる人がいる、とまでは言えなかった。

「なんだ、いるのかあ。そうだよね、あれだけ素敵な人だもん」

美知枝はがっくり肩を落とすしぐさをしたけれど、顔も声も明るかった。彼女だって、そこまで真剣に考えていたわけではないのかもしれない。

「でも、結婚してるわけじゃないから、まだわからないですけど……」

「いいの、いいの」

彼女は明るく手を振った。

「それより、桐子さんいい人だね。あたしがちょっと言ったこと、ちゃんと調べてくれて、言いにくいことも言ってくれて」

ありがと、と小さく頭を下げる。

「いえいえ、こちらこそ、ごめんなさい、いい返事じゃなくって」

「真面目で誠実なんだね」

「そんな、たいそうなことじゃないです」

「ううん、こういうところでいろんな人と会うからさ、なんか、わかるの。きっとちゃんとした人なんだろうね」

そんなふうに言われると、ちょっと聞いてみたくなった。彼女のようにパチンコを知っている人にはちょうどいいかもしれない。

「あのね、変なこと言いますけど、お金借りたいと思うことあります？」

「え？　桐子さん、お金欲しいの？」

「違う、違う」

桐子は激しく手を振って否定した。

「そうじゃなくて、貸す方。お金を貸せる人を知ってるから、借りたい人がいたら紹介してって言われているんだけど、どう思う？　年金生活の人なら喜んで貸すというんだけど」

「ふーん」

彼女は頰に手を当てて考えた。

「確かに、こういう場所にいると、ちょっとお金が足りないな、と思うけど、女はなかなかローン会社に行ってお金借りたりできないものね。皆、クレジットカードのキャッシングとか使ってるよ。でも、クレジットカードを作れない人もいるしね。あと、法律が変わってから、無収入の主婦にはあんまり貸してくれなくなったらしいし」

「そうなんですね」

「桐子さん、金貸しの知り合いがいるんだ」

「まあ、いるというか……お金貸して欲しい女性がいたら教えてとは言われてて。貸してくれるのはそんなに高額じゃなくて、でも、返すのも年金支給日でいいらしいんですよ。金利も大手のキャッシングと同じくらいだって」

「へえ、誰か、借りたい人がいたら話しておくよ」

彼女と挨拶して別れてから、もしかして、これ、こういう場所で素人がお金を貸すと話すことそのものが結構、いけないことなんじゃないか、と桐子はふと思った。


しかし、その機会は驚くほどすぐに現れた。

翌日の朝、桐子が出勤するのを待ちかまえていたように、フロアに入ると美知枝が近づいてきた。

「桐子さん、昨日の話、本当?」

「話って、どっちのこと? 健さんのこと?」

「違う、金貸しのこと。本当に貸してくれるの」

「ええ、そう聞いているけど」

「じゃあ、私の友達、紹介するね。ちょっと待ってて」

　彼女は小走りに駆けて、パチンコの台の間に入っていった。すぐに小柄な女性を連れてきた。

「この人、石田《いしだ》さん」

　石田と呼ばれた女はつばを飲み込むような表情で桐子を見た。痩せた顔に目が大きく目立つ。手に網で編んだようなバッグを持っていた。なりも地味で、紺色の上着に茶色のスカートをはいている。

　大丈夫かしら、こんな方がお金を借りるなんて、と少し心配になる。

「前は介護の仕事をしていたんだけど、今は腰を痛めてやってないの。旦那さんと年金暮らし。介護の話で意気投合してね」

　石田は横で何も言わず、ただ、うなずいている。

「時々、パチンコ代が足りない時があるから貸してほしいんだって」

「大丈夫ですか」

　こちらが貸す側なのに、思わず、心配してしまった。

「金利はそんなに高くないそうなんだけど、いちおう、闇金だから」

「わかってます。大丈夫です」

　石田は小声で答えた。

「うちは年金は結構、もらえているんですけど……夫がお金にきびしくてあまり渡してくれないんです。夫は身体はダメだけど、頭はしっかりしているんですよ。身体がいけなくなったら、余計お金に厳しくなって」

石田はそこでため息をついた。

「食費や生活費を節約して貯めて、そこからパチンコ代を出しているんですけど……時々、少し足りなくなることがあって」

「なるほど」

「次の年金がもらえれば、一時的に食費とかまとめて渡してもらえるので、その時返せますから」

そういうことであれば、いいのかもしれない。でも、こんなおとなしそうな、普通の奥さんに見える人がどうしてパチンコをしているのだろう。

「夫が要介護になって……前から口うるさい人でしたが、時々、ほとほとつらくなるんです。パチンコだけがストレス解消で……たぶん、夫が一番嫌がることなので」

彼女は初めて笑った。どこか、いたずらっ子のような微笑みだった。

「わかりましたけど、借りすぎには気をつけてね」

ついキャッシングのＣＭのようなことを言ってしまう。

「もちろんです」

桐子は秋葉にもらった名刺に電話してみることにした。


「あんた、やるじゃない」

次の日、秋葉と石田を引き合わせて、彼らはなんらかの契約を結んだらしかった。

「たった一日で筋のいい客を見つけてきてさ。これからもどんどん頼むよ。兄貴にも話したら、新しい開拓になるな、って喜んでた」

清掃の休憩時間に、パチンコ店の駐車場で、秋葉は桐子に封筒を渡してくれた。

「最初だから、ちょっと色をつけておいた。いつもこんなに渡せるわけじゃないけど、これからも頼むって」

「でもね……大丈夫かしらね、あの人。本当にちゃんとやってあげてよ。お金を借りすぎて、首くくったりすることのないようにね」

頼まれて声をかけたものの、今になって桐子は急に怖くなっていた。少し後悔も感じている。

「最初は数万からだし、話聞いたらちゃんとしたとこの奥さんみたいだから。こっちも無茶はさせないよ。ああいう人には強引なことして潰《つぶ》すより、長くお得意さんになってもらう方がいいんだから」

大丈夫、大丈夫、と背中を叩く。

「それより、それで、おいしいものでも食べなよ」

更衣室に戻ってから、そっと封筒をのぞくと、五千円札が入っていた。

まあ、と声をあげてしまうほど驚いた。月に二、三人でも紹介すれば一万円以上もらえてしまうではないか。月の収入が一万円多かったら、とても助かる。


「へえ、じゃあ、桐ちゃんも闇金を手伝うの？」

雪菜が桐子が作っておいた蒸しパンを頬張りながら尋ねた。

「どうかしらねえ。どう思う？」

「闇金てそんなに罪になるの？」

「どうかわからないけど、なんたって『闇』って言うくらいでしょ」

闇、のところに力を入れて言うと、雪菜はケラケラと笑った。

「そんなの調べてみればいいよ」

「調べるって、どうするの？」

雪菜はすぐにスマートフォンを取り出す。

「検索って知らないの？」

「あー、聞いたことあるけど、実はやったことないの」

「ほら、こうして」

　雪菜は器用に時計の印の付いたアプリをタップした。

「開いたら、ここに文字を入れるの」

「それ、なんかよくわからなくて、あんまり開いたことなかったわ」

「へえ、おばあさんて検索機能を使いこなせないんだね」

「でも、もう、なんか英語で書いてあるじゃない」

　彼女が指さしたところにはすでに小文字のアルファベットで何かが入っている。

「それは、こうして、その文字の部分を叩いて色を変えて、そしたら、もう何が書いてあっても無視していいから。気にせず日本語で好きな言葉を書いて……『開く』を押せば」

「その、無視するって言うのができないのよ、年寄りは……なんか、全部が壊れちゃうような気がして」

　それでも、雪菜に教えてもらって、検索を少し使えるようになった。

「で、闇金の罪は……なんて調べようか」

「闇金　懲役でいいんじゃない？　そこが大切なところだから」

「うん、やってみる」

　闇金で逮捕されたら罪の重さは？　というサイトを見つけて開いた。雪菜が読み上げる。

「ええと、無許可で闇金を営業した場合には、五年以下の懲役もしくは一千万円以下の罰金だって」

「一千万はともかく、意外に軽いわねえ」

「桐ちゃんは、闇金を営業する側じゃないしね」

「他にないの？」

「高金利違反……きっと法外な金利を取るってやつだよね、これも五年以下の懲役、もしくは一千万円……」

「軽いっ！　軽すぎるっ！　それじゃあっという間に出てこれちゃう」

「あ、これに当たるんじゃない？　夜間、居宅以外での取り立て、第三者への請求など不正な取り立て……」

「それ、それ、それ！　それならできるかも」

「あー」

　雪菜が大げさに声を出して、頭を抱える。

「たった、懲役二年。罰金三百万。これが上限」

「なーんだ」

「違法な取り立てって、あれでしょ、ドラマとか映画でやってる、『金返せよお』とか言って、ドア、バンバン叩いたりするやつでしょ。あと、帰宅途中の子供を待ち伏せて『お父ちゃんに金返せって言っておけよっ』とか脅すやつ」

「たぶんね」

「あんなことして、懲役二年にしかならないのかあ」

「あーあ」

二人で、こたつに肘《ひじ》をついてしまう。

「罪を犯すのって、結構むずかしいね」

「刑務所ってなかなか入れないようになってるのかもしれないわね」

「だいたい、本当に、桐ちゃんが借金の取り立てなんてできるの？」

「さあ、どうだろう」

桐子は、自分がどこかの安アパートのドアをガンガン叩いているのを想像してみた。

「ちょっと言ってごらんよ、金返せって」

雪菜に促されて、桐子はこたつから立ち上がる。

「ちょっと！　あんた、お金返しなさいよっ」

両手をぐーに握って、少しでも迫力が出るようにやってみたけど、雪菜は笑い出した。

「はははははは」

「やっぱり、だめねえ」

「桐ちゃんならさ、そういうんじゃなくて、じっとりその人にまとわりつくのがいいかもしれない。じとーっと付きまとって、『お金返してくださあい』って言うの」

雪菜は上目遣いで、「お金返してぇえ」と言った。

「お金、返してください。あのお金を返してもらえないと、私、兄貴に怒られるんです……」

桐子は肩を落とし両手を組み合わせて、哀れっぽい声を出してみた。

「いい、いい、それそれ。だけど、違法取り立てっていうより、幽霊かおばけみたい」

「そうよねえ。でも、この方が意外に返してくれるかもしれないわ」

「でも、その言い方だと脅しにならなくて、罪にもならないかも」

桐子はこたつに座った。こたつの上には、雪菜が土産に持ってきてくれた、みかんが置いてある。それを、雪菜はぽん、ぽんと自分と桐子の前に置いた。

「みかん食べよ」

「雪菜ちゃん、時間は大丈夫？」

八時を過ぎていた。パチンコ店に行くようになってから、しばらくは「六時まで仕事だから会えないわ」と連絡してあった。けれど、雪菜は「大丈夫、大丈夫、親は夜まで帰ってこないから、バイトのあと、行くわ」と返事してきた。

「うん、たぶん、十時くらいまで帰ってこないから」

「ご両親、両方？」

「うん。中学くらいからずっとそうだよ」

こともなげに、言う。

「ならいいけど……心配だから送っていくからね」

「なんで？　十時くらいならぜんぜん大丈夫だよ、中学の時も塾とかでそのぐらいだったし。今日は自転車で来てるから。桐ちゃんが夜道を歩く方が心配」

そう言って、本当に十時前になると、雪菜は力強い立ちこぎで華麗《かれい》に去って行った。桐子は、そのスカートから伸びるふくらはぎが暗闇の中、街灯の光で白く浮かび上がっているのを見送ることしかできなかった。

家に着いたら連絡してね、とくどいほど念を押したので、十分ほどで「帰宅した～いろいろありがとう」というＬＩＮＥが届いた。

週末に「健さん」がインフルエンザから復帰して、パチンコ店の清掃は終わった。

最後にパチンコ店に行った時、店内で「一橋さん！」と呼びかけられて振り返ると、私服姿の健さんがいた。黒のネルシャツにグレーのズボン、ハンチング帽をかぶっていた。

「あら、どうしたの？　健さん、今日からだった？」

前日に社長とパチンコ店の店長から「明後日から健さんが来るよ」と言われていたのを一日勘違いしてしまったのかと思った。

「いえ。病院から外出許可が出たので、今日は挨拶がてら打ちに来たんで」

ハンチング帽を手で押さえて、丁寧にお辞儀をしてくれた。

「一橋さんには一週間ご迷惑をおかけしました」

そんなふうにされると、彼の声やしぐさが、確かに高倉健に少し似ている、と気づいた。顔立ちはまったく似ても似つかないが。

でもちょっといい男だわ、同年代ならモテるかもしれない、と思う。

「いえいえ、かまわないのよ。私も新しい場所で働けて楽しかったし」

そんなふうに話していたら、「あれ、健さんじゃないか」「大丈夫なの？」などと、客や店員がすれ違いざまに声を掛けてきた。それを見て、やっぱり、ここは彼の場所だな、と思った。

闇金に誘ってくれた二人組、秋葉と戸村にも一応、挨拶した。

「前にも言ったけど、明日からはここには来られないから」

「そうか……残念だなあ。でも、これからも、お金借りたい人がいたら連絡してよ。女の人じゃなくても、男でも若い子でもいいから」

前に、桐子がオフィスビルの清掃がほとんどだと言ったのを覚えているのだろう。

「ＩＴ企業の人にだって、お金貸すからね」

「えー、そんなことあるかしら」

「あるある。それに、男四十代、五十代が一番お金がないんだから。子供や家庭に金がかるのに小遣いは少ないし、付き合いに金はかかるし」

「そうそう」

思い出したように、戸村が顔をしかめる。

「まあ、誰かいたら、聞いてみるわ」

二人はパチンコ台の前に座ったまま、じゃあねー、と朗《ほが》らかに手を振った。

家に帰ってきたら、また、俳句の会の明子から電話があった。

「先日、お話しした件ですが」

「はい」

「やはり、三笠さんと連絡が取れないんです」

「まあ、そうですか」

「一橋さんと同じように、次のお題をお伝えしたくて何度かお電話したんですが……」

「それは心配ですね」

「それで、私、一度、三笠さんのご自宅を見てみようと思って、ちょうど、図書館の近くなんでそのついでに行ってみたんです」

「まあ、それはご苦労様なことで」

あんなことがあった男でも、なんの連絡も取れないと聞けば、桐子でも心配になる。

「ご自宅はきれいなマンションでした。でも、幸いなことにオートロックではなかったので、部屋の前まで行ってみたんです」

「はい」

「何度かチャイムを鳴らしたり、ドアをノックして声もかけてみたんですが、お返事がないんです。でも、電気のメーターは回っているんですよ」

「ということは?」

「誰も住んでいないってことはないと思います。たぶん、室内に誰かいるんですよ。それなのに出てこないって本当に何があったのかしら」

「女性も一緒かしら」

「わかりません。でも私、それ以上はどうしようもなくて、帰ってきてしまったんです。で、会の代表の草薙《くさなぎ》さんに聞いてみたんですけど、もう九十二歳でご高齢でしょう。どうしたらいいかしら、どうしたらいいのかしら、とおっしゃるばかりで。警察に連絡するというのもねえ、私もそこまで存じ上げないし。三笠さんの他のご家族はどうしていらっしゃるか、一橋さんならご存じかと思って、お電話したんです」

「ああ」

ここまで聞かれたら、あまりよく知らないとしらばっくれるわけにもいかない。

「俳句の会の後、何度かお茶を飲んだくらいのお付き合いですけど」と断った。本当は一度、トモも一緒に食事をしたこともある。

「確か、一人、息子さんがいらっしゃるはずですけど、その方の奥様が沖縄出身の女性で、あちらに住んでいるってちょっと聞いたことがあります」

「沖縄ですか。遠いですねえ」

やっぱり、ご存じじゃないですか、なんて言われたらかなわないと思ったが、明子は素直に驚いている。

「なんでも、向こうのご両親が東京の男性と結婚することに反対で、結婚後も沖縄に住むことが条件だったみたいです。それに、大きなお土産屋やら居酒屋をたくさん経営しているおうちで、東京の会社を辞めてそちらで働くことになって」

「まあ、大変」

「ただ、その時のいざこざで、三笠さんとは少し疎遠になっているみたいでした。やっぱり、一人息子さんですし、結構大きな会社にやっと就職できたのにって、三笠さん悔しそうに言ってらした」

「それはお寂しいことですねえ」

明子は悪気なく言ったが、そう言われると、なんだか、三笠が気の毒になってくる。

「でもまあ、その分、気楽です、なんてその時は笑ってらしたんですけど」

つい、彼をかばうようなことを言ってしまった。

「そのご家族の連絡先なんて、一橋さん、もちろん、ご存じないですよね?」

「ええ、そこまではさすがに」

「では連絡の取りようがないわねえ」

明子はため息をつく。

「あ、不動産屋か大家はどうでしょう」

桐子は最近、引っ越しをした経験から気づく。

「マンションへの引っ越しの時、三笠さん、ご高齢だし、絶対、誰か保証人になっているはずです。保証会社と契約していたとしても、もっと詳しい事情を聞いているかもしれない」

「確かに。そこまで気がつかなかった。さすがだわ、一橋さん」

褒められるとちょっと嬉しくなるが、明子はたぶん、持ち家の一軒家なのだろうと思う。そういう人、夫や家族がなんでもしてくれる人は、保証人なんて気にしたこともないはずだ。彼女のような人生の方が幸せなのだ、と心の中で思う。

「では、不動産屋に連絡するのがいいのかしら。でも、どこの不動産屋かすぐにはわからないし、こんなに心配しても思い過ごしということもあるし」

「じゃあ、もう一度、私がそのマンションに行ってみて、やはりわからなかったら、不動産屋なり大家なり警察なりに連絡しましょう」

明子はただ俳句の会の世話役というだけでわざわざ彼の家まで行って様子を見ているのだ。桐子のように何度かお茶を飲んだり、一度だけでも食事をしたことがある人間が知らん顔もできまい。桐子の家からの方が近所だし。

「そうしていただけるとありがたいですわ」

明子は喜びと安堵《あんど》の声を出す。

「では、このお休みにでも行ってみますね」

三笠がいなかったり、何かがあったら明子に連絡し、またどうするか改めて二人で考えようと話した。


三笠の家は白い壁の八階建てのマンションだった。

桐子が思っていたよりもずっと立派な建物だ。窓の上に青い屋根が付いていて、南国風のリゾートの部屋のような、ヨーロッパ風のようにも見える。

決して新しいわけではないが、なかなかしゃれたマンションだった。自分が今住んでいる木造アパートと比べて、少し卑屈な気持ちにもなる。

——若い女のために、無理して借りたのかしらねえ。

桐子とトモと三人、スペイン料理屋で食事をした時には、ちゃんとごちそうしてくれたのを思い出す。

——あの人はちょっと女性にいいところを見せようとするたちなのね。要するに見栄っ張りなんだわ。前はそれが魅力的でもあったけど。

明子の言うようにオートロックでないのがありがたかった。すぐに中に入った。五階の部屋に上がる前にポストを見た。五〇三号室のところには郵便物などは何も入っていない。これは朗報なのだろうか、悲報なのだろうか、と考えながら、エレベーターで五階まで上がる。

――人気のオートロックだけど、こういう時のことを考えると、年寄りはそうじゃない方がいいのかもしれない。とはいえ、防犯も必要だしね。

五〇三号の部屋の前に来る。ドアの郵便受けにも新聞などは入っていなかった。

一息、息を吐いて、ドアベルを鳴らした。まったく反応はない。もう一度鳴らす。やっぱり反応はない。

二度三度とベルを押すうちに、最初はおそるおそるだったのがだんだん慣れてくる。十回ほど鳴らして諦めた。今度は軽くドアを叩く。二、三回叩いたあと、声をかけた。

「三笠さん、一橋です。三笠さん、いらっしゃいませんか。一橋です」

こちらも十回叩いてやめた。

また、ため息をついてしまった。

――これは、もう、本当にどうするか、考えなくてはならないな。一度家に戻って、明子さんに電話しよう。

ふと思いついて、手に持ってきたバッグをさぐり、手帳を出した。その一ページを破って書き置きを作る。

三笠隆様　俳句の会にいらっしゃらないと聞いて、心配で参りました。ご無事でしたら、私のところか、世話人の友岡明子さんのところにご連絡ください。ご連絡がない場合には、警察か不動産屋にご相談しようと思っています。お電話お待ちしています。一橋桐子

書いたものをポストに入れて、歩き出した。

エレベーターのところまで来て、一階を押した。

た、た、た、た、という足音が後ろから聞こえてきて、はっと振り返った。

「一橋さん！　一橋さん、待ってください」

息を切らしている三笠隆だった。上に紺色のジャージ、下に肌色の股引《ももひき》をはいていた。

髪が乱れて、目が血走っている。

「三笠さん、ご無事だったんですか」

「ご心配かけてすみません」

三笠ははあはあと息を切らし、両手を腿《もも》のあたりについた。

「お元気だったらいいんですけど、皆で心配してたんですよ」

前屈《まえかが》みになっている三笠の白髪がざんばらに散って、今まで見たこともなかっただらしなさだった。桐子は胸をつかれたが、自分がそう思っていることが、彼に伝わったらそれもまた気の毒だった。

「お元気そうで安心しました」

できるだけ明るい声を出した。

いつもしゃれた服装だった三笠がこんな風になるなんて、いったいどうしたのだろう。でも、自分だって、家で一人でいる時は彼とほとんど変わりない姿をしていることもあるのだ。ただちょっと体調を崩しただけかもしれない。

「大丈夫なのですね。ご病気やなにかではないのですね」

「大丈夫です」

三笠はやっと顔を上げて、桐子と目を合わせた。

「よかったら、ちょっと寄っていってください。お茶でも飲みませんか」

「……いいんですか。あの……奥様は」

あの女をなんて表現したらいいのか迷った。

三笠は振り返って苦しげな声で「いません」と言った。

「だから大丈夫です」

「そうですか……」

同棲中の女がおらず、身なりがこれでは家の中も推《お》して知るべしだろう。

しかし、ここで断るのもどうかと思って、桐子は彼のあとをついて行った。

第四章　詐欺《さぎ》

思った通り、室内は雑然としていた。

そう物は多くないのだが、すべての物が出しっぱなし、使いっぱなしで、玄関には靴べらがまさに靴を履いたあとのまま、横に放り投げられていたし、傘も畳《たた》まずに立てかけられている。そこに女物の赤い傘があって、それはやっぱり、あの女が現実にここにいる、もしくはいたのだという証になっていた。

――同棲は嘘じゃなかったんだわ……。

リボンの付いた、茶色のヒールの低いショートブーツが片隅に置かれていた。いかにも年配の女性が好みそうなものだった。

三笠のあとについて行く。玄関からは廊下があり、両側にベッドルームとバストイレらしいドアがあった。三笠が一番奥のドアを開けると、リビングダイニングになっていて、キッチンが付いている。窓が大きく、天気が良ければもう少し明るいのかもしれない。あいにく、今日は曇りであまり明るくなかった。典型的な1LDKの間取りだろう。

家具は元からあったものを運んだらしく、どれも新しくはない。けれど、リビングのソファとテーブルだけがやたらとぴかぴかで真新しい。これだけは新調したのかもしれない。ソファの背にピンク色のカーディガンが掛かっていた。リビングにはその他に彼女の存在をうかがわせるものはない。けれど、それで十分なくらい存在感を放っていた。

「どうぞ、おかけになってください。私はちょっと着替えてきます」

三笠はそう言って、ベッドルームに入っていった。その時、部屋いっぱいのベッドがちらりと見えた。真新しいかはわからないが、上に花柄のピンクの毛布が乱れて置いてあった。

桐子は三笠の背を追っていた視線を慌てて前に向け、ソファに座った。ピンクのカーディガンには触れない場所を選ぶ。

新聞もあちらこちらに散らかっている。三笠はなかなか出てこなかった。つい、手を伸ばして、新聞や雑誌を片付けてテーブルの上に重ねてしまう。それだけでも、ほんの少し、部屋がきれいになった気がした。

「お待たせしました」

三笠はグレーのカーディガンにスラックスという服装で出てきた。スラックスはくちゃくちゃだが、肌色の股引よりはずっといい。

「お茶を……」

「あ、私がやります」

桐子は立ち上がってキッチンに入った。他の女の家の台所に入るのは気が引けるけど、男に淹れてもらうよりはずっとましだ。小ぶりのオープンキッチンでしゃれたものだった。

三笠には特に止められたりはしなかった。

――男はなんとも思わないのかもしれない……いや、あの様子だとそこまで頭が回らないのか……。

話をしたいと彼は言ったのに、ソファにぽつねんと座っている。目もうつろだ。

桐子はやかんや急須《きゅうす》を探し、ひとつまみほどの茶が残っていた茶筒も見つけた。道具はどれも使い込んだものばかりだった。これらも三笠の家から持ってきたのかもしれない。

「どうも」

三笠はもそもそと礼を言ってお茶を飲んだ。

「大丈夫ですか」

もう何度も言っていると思いながら、それしか言葉が出ない。

「どこから話したらいいのか……」

三笠は湯飲みをつかんでいる痩せ細った、自分の手を見つめる。

「別に無理してお話しにならなくていいんですよ」

「いえ。一橋さんには聞いていただきたい。こんなこと誰にも話せない。実際、誰にも話してないんです。恥ずかしくて、みっともなくて。だけど、一橋さんなら話せそうです」

茶を飲んで、三笠は少し気持ちを取り戻したのか、弱々しく微笑んだ。

一橋さんなら……数ヶ月前なら、嬉しかった言葉かもしれない。けれど、今は複雑な思いが心をよぎるだけだ。

――私ならいいというのか。私程度の人間なら自分の恥も話せるというのか……。いかにも親しげに見せて、この人はどこか私を下に見ているのではないか。

げすの勘ぐりかもしれないが、そんなひねくれた気持ちにもなってしまう。

「私ほどの人間じゃ、相談にもならないかもしれませんよ」

つい、そんなことを言ってしまった。しかし、三笠には桐子の気持ちまでは伝わらないようで、「いえいえ、聞いていただけるだけでいいんです」と言った。

「あの女性、一橋さんにもご紹介した、斉藤薫子ですが……」

「はい」

「……急に連絡がつかなくなってしまって」

「まあ。いつからですか」

「数週間前です。ちょっとしたケンカをしましてね。つまらない言い合い程度なのです。あの人、料理はできるんですが……そこもいいと思っていたんだが……いつも高いものばかり買ってくるんです」

「グルメなんですね」

「どうですかね。本マグロのお刺身《さしみ》とか、ウナギとか、国産のビーフステーキとか」

どれも並べたり、ちょっと焼いたりするだけで簡単に食べられるものばかりだわ、と思った。

「それで、僕の前のワイフはもっと安い食材で工夫して料理を作ってくれたよ、と言ったら怒り出しましてね」

それは……と桐子は心の中でつぶやく。それは三笠さんも悪いわ、そんなの、女が一番言われたくないに決まっている。

「そしたら、そういう貧乏くさいところが嫌なんだ、だとか、そういうしみったれた女と暮らしていたなんて信じられないとか言い出して、ケンカになってしまって」

「はあ」

桐子だって前の女を褒められたら、売り言葉に買い言葉、その程度のことは言ってしまうかもしれない。

「でもね、薫子は、買い物のたびにいつも一万円を私に要求して、おつりを一度も返したことがないんだ。だけど、絶対に必ず、スーパーに行くたびに一万って言って手を出す。昨日のおつりはどうしたの？　って聞いたら、もう使った、ってけろっとして言うから……つい」

「そうですか……」

「で、彼女が飛び出してしまって、その日は帰ってこなかった。何度も何度も電話したんだけど、電話にも出てくれない。心配で一睡もできませんでしたが、朝一番で彼女の家に行きました」

「あら、ここにお住まいになっているんじゃないんですか」

「ゆくゆくはここで二人で暮らすことになっていましたし、実際、ほとんどこの部屋で過ごしていたんです。ただ、部屋に家具も服もたくさんあってそれを処分したり、人にあげてからこちらに来ると言って、まだ部屋は引き払ってなかったんですよ」

「そうですか」

「彼女の家に入ったことはなかったんですが、なんどかその前まで送ったことがあるから場所はわかります。で、自宅に行ってみました」

「どうだったんです?」

三笠は苦々しく、眉をひそめた。

「彼女の部屋だと聞かされていた、三〇五号室には他の人が住んでいたのです。二十代の若い男でいくら聞いても薫子なんて知らない、と言うんです。表札の名字も違います。しかたなく、今度は彼女と知り合った、整骨院に行きました。薫子はそこの受付と手伝いをしていたので」

「その整骨院、私も前に勧めていただきましたよね」

「あそこも薫子はもう辞めたって。私が通っていた数週間ほどしか働いていないからよく知らない、とまで言うんです」

「あの……」桐子は迷いながら、当時の記憶も掘り起こして聞きただした。

「前にあの方をご紹介いただいた時、三笠さんはその整骨院を気に入って、とてもいいところだから私にも紹介したい、とおっしゃってましたよね。その後、うやむやになりましたが……そこに、三笠さんは現在も通っていたんじゃないんですか」

「いえ、実は、薫子はマッサージ師の免許を持っていて、当時も、あの整骨院に勧めていたのは自分もいつかは理学療法士の免許を取って働きたいという希望があったからなんです。彼女と付き合うようになってからは、私がマッサージしてあげる、と言ってくれて、整骨院には行かなくなっていたんですよ」

若いと言っても、薫子は五十九だ。今からそんな資格取れるのだろうか。

「そうですか……俳句の会にも来られなくなっていたそうで」

「ええ。薫子が……あまり俳句を好きじゃないし、他の女性がいるところに行かないでくれと言ったもんで。俳句の会だけでなく、山歩きの会も、習字教室もやめてしまいました」

その時だけは三笠は少し笑った。誇らしかったのかもしれない。

喜んでいる場合じゃないだろ、と桐子は言いたかったが、もちろん、黙っている。

「でもまあ、そういうケンカでいなくなったのなら、また、ひょっこり戻ってくるかもしれませんし、お荷物もあるなら、それを取りに来られるかも……」

「いえ、それが」

三笠がそこで下を向き、頭を抱えた。

「実は、彼女の荷物はほとんどないんです。まだ全部は運んでいなかったのでもともと少なかったのですが、それらもいつのまにかなくなっていて」

「このカーディガンなんかは？」

「それは私が買ってやったものですが、それと傘と靴くらいしか残っていません」

桐子が目にしたのがすべてなのだとわかった。

「それは、ケンカする前に運び出したんでしょうか。それとも、ケンカの後？」

「わかりません。寝室のタンスに薫子の衣服が何着かあったと思うんだが、すっかりなくなっていて。でも、よくわからないんです。女の持ち物なんてよく見ていなかったし」

桐子の方が頭を抱えたくなった。男は本当に、そういうことは疎《うと》いし、関心がないんだろう。

「でも、もう一度くらい、連絡がくるんじゃないですかね」

「それが……ここからが話しにくいことなのですが」

絞り出すような声だった。

「なんでしょう。他にもまだあるんですか？」

「お恥ずかしいことですが、私は……」

「はい」

「薫子に、いろいろお金を貸していまして」

「え」

胸が本当にドキドキしてきた。お金。それはどういう意味のお金だろう。

「まとまった額のお金なのですか」

「いえ、そんなことはありません」

　三笠が強く否定する。

「例えば、百万、二百万、必要だなどと言われたら私だって警戒しますし、そんな意味もなくあげたりできませんよ。薫子に渡したのはちゃんと理由のあるお金です」

「理由？」

「はい。彼女と付き合ったのは、昨年の秋あたりからですが、当時、彼女は頭痛がひどくてね。頭が痛い痛いと言っていて、病院に行ったら脳のＭＲＩを撮らなくてはいけなくなって、なんと言うんですか、『脳ドック』というやつにも入らなくてはいけなくって。でも、それがものすごくお金がかかるんです。それで二十万貸してほしいと言われて貸しました」

「二十万も」

「それからも、さらに精密検査をしなければならない。それは最先端の医療だから健康保険が利かない、と。彼女は長いこと、シングルマザーだったから、民間の保険なんかに入る余裕もなかったんです。自分のことは二の次、三の次で家族を大切にしてきた人ですから。それで、そのたびに、十万、二十万と渡していました」

「でもまあ、ご病気ですから仕方ないですよねぇ」

桐子は長いため息をついた。なんで、この期《ご》に及んで、あの女をかばうようなことを言わなくてはならないのか、と思わずにいられない。

「それから、先ほども話したように、彼女は理学療法士になる夢がありまして、その学校に入るのに入学金授業料合わせて、八十万ほどかかると言われて貸しました。でも、資格が取れたら、私の介護にも役立つことです」

「ええ」

うなずきながら、桐子にもだんだんこの話の全容がわかってきた気がした。

「それから、彼女の娘に子供が生まれることになって、この正月もしばらく娘のところに行っていたのですが、そのお祝い金と出産費用、入院費用を貸してくれと言われて」

「娘さんやお孫さんには会ったんですか」

「いえ、それは出産が一段落してからと言われていました。娘さんは彼女に似て病弱だそうで、お産もなんだか、切迫流産しそうだとかで、今、娘を驚かせることはできないって言われましてね。お嬢さんはものすごいママっ子でずっとお母さんべったりだったので、再婚するなんて言ったら大きなショックを受けるだろうと」

ショックを受けるって、自分も子供を産むような母親だろう、それがいつまでもママっ子ってどういうことだ、と心の中で毒づく。

「彼女、本当に優しいんです」

三笠はまだそんなふうに薫子をかばった。

「私も息子とはあんなふうに別れてしまって、しばらく会えない状態だから、まるで新しい家族ができるような気がして、娘さんの出産は楽しみにしていたんです」

「そうですか」

「そういえば、ここでケンカする前にも引っ越しの準備ができたから、引っ越し費用を貸してくれと言われ、渡したあとでした」

「なるほど」

うなずくしかない。

「今まであまり気にもならなかったんです。ただ、薫子がいなくなって、いろいろ改めて考えてみて、それで、計算してみたら、なんだかんだ総額で四百万ほど渡していたことに気がついて」

「四百万!?」

思わず、叫び声を上げてしまう。

「はい……」

さすがに三笠も、肩をすくめた。

「それで、あの……」

「なんでしょう」

「印鑑とか通帳とかは？　無事ですか？　渡したりしていませんか」

「そんなことはしてませんよ。大丈夫です」

三笠は胸を張る。

「ちゃんと調べてみましたか。銀行の残高が減ったりしてません？」

「僕もそんなうかつな男じゃありませんし、薫子だって泥棒じゃありません。ただ、お金に困っていただけで。ただ、考えてみたら四百万渡していたな、っていうだけなんです」

そう言われても、桐子には確かめるすべもないから仕方ないが、でも、まあ、嘘でもないのだろう。

ふっと気がつく。今までに見た、あの「女」が置いていったもの……傘にブーツにカーディガン、どれも華やかだけど、一見して安物だった。桐子も女だからなんとなくものの価値はわかる。惜しげもなく捨てられるものばかり、そんな気がした。

「でねえ、一橋さん」

「はい」

「私はどうしたらいいんでしょう。彼女のこと、ちゃんと探したらいいんでしょうか。もしかしたら、事故にあったり、病気になったりしているのかもしれませんし。警察に届けるべきでしょうか」

「はあ……」

「それとも私」

三笠がごくりとつばを飲む。

「騙《だま》されたんでしょうか。結婚詐欺でしょうか。どう思いますか？　忌憚《きたん》のないご意見を聞かせていただきたいんです」

桐子も答えようがなかった。


「まあ、そういうことでしたか、ちょっと安心しました」

桐子から連絡を受けた明子は、電話口で喜びの声を上げた。

三笠は風邪がひどくなって部屋に臥《ふ》せっており、同棲相手は両親の介護でしばらく田舎に帰っている、というのが桐子と三笠が決めた筋書きだった。

あれだけ心配してくれた明子に嘘をつくのは気が引けたが、まだ俳句の会の仲間には黙っていてほしい、と頼まれたので仕方ない。

桐子の方も、薫子が本当のところ、どこまで悪意を持って三笠を陥れたのか、それとも本当にちょっとへそを曲げて家出しているだけなのか、判断しかねた。

警察に行ってみますか、と一応、聞いてみたが、彼は「うーん、うーん」と腕を組んで頭をひねるばかり。最後に「もう少し、探してみます」とやっと答えた。

やっぱり、まだ好きなんだわ、とさびしく思った。

「息子さんにご相談したんですか」

「とんでもない」

三笠は頭を激しく振った。

「あれは、私のことなんて何も気にしてません。嫁の家族のことしか考えていない。そのくせ、薫子と結婚するなんて言ったら、文句を言うに決まってます。そんなことされたら、本当に縁を切るしかなくなりますよ。引っ越しだって知らせてないんです」

結局、桐子は特に大きな決断をできぬまま、帰宅することになった。

ただ、薫子が働いていた整骨院に向かい客を装って、彼女のことを聞き出すことを決めた。桐子の足腰が痛むのはいつものことなのでまるっきり嘘をつくわけではない。

本当は、三笠が再度、直接行って、理由を話して聞き出した方が早いと思ったが、彼がそれは「絶対嫌だ」と言い張る。

「すでに一度行ってますし、私が行ってもこれ以上は何も新たな情報は引き出せないと思います」

「じゃあ、私が行ってみますね」

「ありがとうございます！」

三笠は桐子の手を取らんばかりに喜んだ。

「なんてお礼を言ったらいいのか」

「いえ、私だって、たいして調べられないかもしれませんから、期待しないでくださいよ」

「桐子さんにお話しできて、どれだけほっとしたか」

大げさでなく、三笠は目に涙を浮かべていた。

「いえ、何もできませんで」

「とんでもない。話を聞いていただいて、胸のつかえが取れました」

帰りに玄関口で、もう一度、「息子さんにご相談された方がいいと思いますよ」と言ってみた。

三笠は一応、うなずいていたが、本当にわかっているのだろうか。

翌日、朝一で向かった整骨院は駅前のロータリーの一角にあった。

「フォーシーズンズ整骨院」という、まるで一流ホテルのような名前で、白いビルの一階に居を構えている。

立派な整骨院だわ、そんなに儲かるのかしら、と思いながら、自動ドアを開く。

受付に若くてかわいらしい白衣の女性がいて、桐子ににっこりと微笑みかけた。薫子は受付を手伝っていたらしい。ならば、この女性と同じように立っていたのだろうか、と考えた。

「おはようございます」

「おはようございます。あの、初めてなんですけど」

保険証の提示と、問診票の記入を指示された。健康保険適用内となれば、初診の後は一回五百円だと説明される。

待合室には数人の老人と、高校生の少女がいた。それでも、予約もなしに、十分ほどで診療室に入ることができた。

ベッドが四つに、マッサージ用の椅子が四つ並んでいる。その時は桐子の他に、患者と理学療法士が三人ずつついた。

――先生がたくさんいるから、すぐに呼んでもらえたんだわ……。

桐子はベッドに座らされた。若い男の先生が、問診票を片手に質問する。桐子と目線を合わせるためか、彼はひざまずくように、桐子の傍《かたわ》らに座った。

腰の痛み……いつ頃から痛むのか、いつ痛むのか、回数は、仕事の内容は、運動はしているのか。問診票にも書いた内容をさらになぞるように尋ねられた。

どれも真実を答えればいいから、すらすらと答えられる。

「それでは、うつぶせになっていただいて、ちょっと診ていきますね」

大きなマスクをしているから、彼の顔全体は見えないけれど、目元と声だけで優しそうな人柄と若さが伝わってきた。

「こちら、どうですか？　痛みますか？　こっちはどうですか、大丈夫ですか」

優しく声を掛けられながら押してもらっていると、本来の目的を忘れそうになるくらい気持ちがいい。

「やっぱり、腰にゆがみがありますね。重心のかけかたを日頃から意識していただくと、もっと良くなると思います」

そんなふうに言われて、三笠に頼まれたことではあるけど、やっぱり来てみて本当によかった、と思えてきた。

「うちのことはどうして知ったんですか」

自然に、彼が尋ねてくれて、なんと良い機会だ、と思う。

「あのね、ちょっと知り合った方がこちらで受付をしていて、それで紹介してもらったんですよ」

「え、受付？」

「はい、斉藤薫子さんて言うんですけど、今日はいらっしゃってないみたい」

「……斉藤さん？」

「最近、連絡が付かなくて。でも、彼女がここがとてもいいと言っていたから、来たんですよ」

「そうですか……」

「薫子さんとは俳句の会で知り合ったんですけど」

この際、出会いは適当でいいだろう。

「ここのことをとても褒めていてねえ。彼女もマッサージの資格を持っているって言ってたんだけど」

急に彼が何も答えなくなってしまって、腰のあたりを押してもらうことだけが続いた。

「なんだか、資格を取りたいからって言って、ここに来てたみたいなんだけど」

「ほら、あれだよ、あの人だよ」

急に、隣から別の太い声が聞こえてきて驚いた。桐子はうつ伏せで、顔をベッドのくぼみに埋めているから見えないが、隣で他の人の治療をしていた先生が話しかけてきたらしかった。

「ああ、あの人か」

二人の声が急に小さくなって、よく聞こえない。桐子の耳のせいではなく、二人がごくごく小声で話しているか、目配せでもしているらしい。

いずれにしても、あの人、にいい思いは抱いていないのは伝わってきた。

「斉藤さん、来ていますか？」

しらばっくれて、もう一度尋ねてみた。

「あ、やめましたよ」

「そう。聞いてないけど、他の店に移られたりしたのかしら」

「いいえ、違うと思います」

そして、彼は桐子の首のあたりに手を置きながらしゃがみ込んだ。そのまま、首の骨と骨の間に指を入れる。それが首の筋を的確に押さえてくるので、ひっと声を上げてしまいそうに痛い。

「……彼女はマッサージの免許なんかは持っていないと思います」

彼は桐子の耳にそっとささやいた。

耳に息がかかって、さすがの桐子もぞくぞくする。首が痛いのと、耳がぞくぞくするのと、話が衝撃的なのと。どれも刺激的で、頭が混乱しそうだった。

「そうなの……」

「もしかして、一橋さん、あの人に何か誘われたりしましたか？　お金を渡したり……」

「いいえ、そんなことはないけど」

「そうですか、だったらいいけど」

彼はさらに声をひそめる。

「あの人、ここにいたのは数週間くらいなんですけど、その間、いろんな人に……主に男性ですけど、声をかけていたらしくて……うちも困ってるんです」

「声って？」

「うーん、なんというか」

彼は一度立ち上がって、桐子の上にかかっていたタオルを取る。それと同時に、隣のベッドとの間のカーテンをしゃーっと音を立てて閉めた。

「仰向《あおむ》けになってください」

言われたとおりにした。彼は一度取ったタオルをまた戻す。今度は、桐子の顔の上にもタオルを掛けた。そして、桐子の腕を取って手首をくるくると回す。骨がコリコリと音を立てた。

「もしも、何か誘われたりしても絶対に乗らないでください」

「何かあったの？」

「……はっきりわからないんだけど」

彼が周りを見回しているのを感じる。

「彼女がやめてから、いろんな人から苦情が入りましてね。でも、ここことは一切かかわりないと答えるようにって院長から言われているんです。でも、僕としては被害にあう人がもっと増えたら困るから、ちゃんと言った方がいいと思っていて」

「え、何を」

「あの人、まず、経歴が全部嘘だったんですよ。住所も、出身大学も、資格も。もしかしたら名前も本名でないかもしれません」

「まあ」

「それに、さっきも言ったように、ここにいる間いろんな男性に声をかけてたみたいで……中にはお金をいくらか渡してしまった人もいるんです。ご家族からも文句言われて、うちも本当に困ってます」

「そうだったんですか」

「もしも、一橋さんが何かそういう話を持ちかけられていたら、絶対に断ってください」

「いいえ、大丈夫、大丈夫。それは大丈夫。だけど、今どこにいるかはわからないの？」

「ええ。そのあと、院長が連絡してみたけど、携帯も何も繋がらなかったって」

　桐子の動悸は気のせいなんかじゃなかった。


　いったい、三笠にどこからどう話したら良いのか……。

　整骨院から帰る道でも、仕事中でも、ずっと考えている。

　こんなことは誰にも相談できない。

　三笠の個人的なお金に関することでもあるし……。ああ、こんな時にトモがいてくれたら。

　また、本来なら、年齢的にも落ち着いた、明子に相談すべきことかもしれないが、彼女にはすでに嘘をついてしまった手前、今さら話すのははばかられる。

　——三笠さんはきっと首を長くして、私の報告を待っているだろうねえ。

　そう考えると、胸が痛い。

　桐子は、人を不安にしておくのが一番罪なことではないか、と思っている。断ったり、否定したりすること以上に、相手を宙ぶらりんのまま捨て置くことは何よりも残酷なことだと。それは、自分が人生を送ってきた中で、特に会社員人生の時に学んでいたことだった。桐子が若い頃、同僚はほとんど男性で、上司も男だった。意地悪な上司が時々いて、立場の弱い部下や取引先にはっきりした返事を与えないまま、何ヶ月も放って置いたりしていた。そのことを他の人に注意されると、「いや、はっきり言うのはかわいそうだから」「断るのは気の毒で」などと言い訳していたが、それは自分が悪者になるのがいやなだけだと思う。でなければ、ひどいサディストだろう。

さらに、トモの影響もあった。

一緒に暮らしている中で、トモは時々、ぽつぽつと亡き夫について話していたが、彼は家庭内でも、人を不安にさせる人間でトモも息子たちも泣かされたそうだ。

「進学でもお金の使い方でも旅行先でも、なんでも、家庭内のことは自分で決めないと気が済まない人でねえ」

ある時、トモはホテルのロビーの大きなシャンデリアの前でつぶやいた。おいしいビュッフェを食べた帰りのことだった。

「でも、相談しても、いいとも悪いとも言わないでずうっと何ヶ月も答えを出さないの。こちらから聞くと怒るし、あたしたちの希望とはまるで反対のことを言うというのはわかっていたから、家族はずっと息を殺して待つしかなかった……」

彼はきっと恐怖や不安で家族を支配したかったのだろう。

「就職が決まると、息子たちは次々に家を出て行った。皆、その時だけは夫の意見を聞かず、自分の意志で黙って出て行ったわ。しかたないと思った。父親とはもう一緒にいられないと見限っていたのだろうし、きっと私のことも怒っていたんだと思うの。ただ、じっと我慢だけしている力のない母親に」

「そんなことないよ。トモは息子さんたちを育てなければならなかったんだもの」

「次男は家を出る時に『母さん、一緒に出よう』と言ってくれたの」

「なんて、優しい子なんでしょう」

「だけど、やっぱり、行けなかったわね。夫は暴力までは振るわなかったし、まだ、今みたいにパワハラという言葉もなかったから、周りを説得できる明確な離婚理由もなかった」

桐子はトモの二の腕のあたりをさすってやることしかできなかった。

「でも、それでよかったと思うの。夫のことは最期を看取ったし、私も気が済んだから」

「トモは立派よ」

「ありがとう。今は本当に幸せ」

私だってそうよ、と言う代わりに、桐子はトモの背中をとんとん、と叩いた。

「それにあたしはね、本当は……」

そこまで言って口をつぐみ、トモは桐子を見てにっこり笑った。

「なあに?」

「ひ、み、つ」

あれは何を言おうとしていたんだろう。

便器を磨きながらふと考えて、いやいや、と思い直す。

――今は三笠さんのことを考えなくちゃ。どう言ったらいいのか。

結局、真実を言うしかないのだ、ということはわかっている。真実がわかれば、人は悲嘆に暮れるかもしれないが、迷ったり、悩んだりすることはなくなる。

あとはただ、前に進むしかないのだから。

――とはいえ、本当に知ったら、彼がどうなるのかは私にはわからない。


「ねえ、失恋て……男の人はどう思う?」

喫煙所の掃除をしていた時、久遠が一人でいるのに出くわし、挨拶してくれたので、桐子は思わず尋ねてしまった。

「え、失恋?」

久遠は煙草を吸う手を止めて、小さく咳《せ》き込んだ。

「あら、ごめんなさい」

「いえ……一橋さんが急に変なこと言うから」

げほげほとさらに激しく咳き込む。

「本当にごめんなさい」

「変というか、おかしくって」

久遠はむせながら、笑っていた。

「せっかく、仕事の合間にお休みしようとしていたのに、台無しにしちゃったわね」

桐子はモップを持つ手を放して、久遠の背中をさすった。

「大丈夫です。でも、どういう意味ですか？　男にとって失恋って」

「いえねえ。失恋て誰にとってもつらいものだろうけど、でもね、男の人はある程度、理性的に我慢できるんじゃないか、とも思って」

そうであってほしい、という希望的観測をこめて尋ねた。

「関係ないですよ、失恋は男でも女でもやっぱり同じようにつらいんじゃないですか」

久遠は眉を小さくひそめて言った。もしかして、最近、何かあったのだろうか。

「だわよねえ」

「でも、そんなことを聞くのは何か理由があるんでしょう」

そう尋ねられて、桐子はやっとほっとした気持ちになった。

三笠隆のことを誰かに話したい、意見を聞きたい、何より、自分が今つかんでいる事実で、これがなんらかの詐欺なのか、それともただの愛情のもつれなのかを聞いて判断してほしくてたまらなかったのだ。

雪菜には一度、遊びに来ていた時にざっと世間話程度に話していたが、三笠隆を知らない人で客観的判断ができる、できれば大人の男に聞いてもらいたかった。

「ちょっと聞いてくれる……?」

あまり時間を取らないように、手早く話した。

老人が（三笠に比べたら）若い女性と付き合い、医療費、入学金、授業料、子供の出産費用、食費……などの名目でお金を貸したり、渡したりしたこと。数ヶ月で総額四百万ほどになること。その後彼女は行方《ゆくえ》がわからなくなり、連絡も取れないこと。彼女の前の職場でも同様の被害があり、経歴は全部嘘だったこと。

久遠の迷惑にならないように、できるだけ早口で話したので途中、「時間はありますから、まあ、落ち着いて落ち着いて」と止められるくらいだった。

「……それはやっぱり……詐欺でしょうねえ」

話を聞き終わった久遠はしばらく考えた後、煙草の煙を吐き出しながら言った。

「だわよねっ」

まだ勢いがついている桐子は彼の言葉の途中で、喰《く》い気味に相づちを打った。

「その方……男性の方の話だけでは確信できませんが、他の話と総合的に判断すると、なんらかの詐欺ですよね」

「あなたもそう思うわよねっ」

「しかし、立件？　というのかな。事件とするのはむずかしいのではないでしょうか。結婚やなんらかの条件を盾にお金を引き出したなら結婚詐欺ですけど、『貸して』と言うだけなら、そして、借用書もないなら返金を要求するのもむずかしい」

「でも、その男の人は事件にしたり、警察に訴えたりしたいわけではないの、たぶん。ただ、騙されているのかどうか、ってことを知りたいだけでね。私としてはそれをはっきり言っていいのかどうか迷っているの。失恋も決定的になるわけでしょう」

「ただの失恋じゃなくて、お金も失い、プライドも失うのはつらいだろうなあ」

久遠はまた、自分の身体のどこかが痛いみたいな顔をした。

「だわよね。かわいそうに」

桐子にもわかる。だって、ほんの少し前まで、まさに、その当の三笠を少し好きだったのだから。

「しかも、その方は、今後一緒に生きていこう、という人生の計画もふいになってしまったのですから。将来の希望もなくなってしまったわけですよね」

「ああ」

なるほど、そこまでは考えていなかった。

「それでも失ったお金がその方のポートフォリオの一部ですんだというのが不幸中の幸いです」

「ポ、ポートフォリオ?」

「金融資産の組み合わせということです」

「ああ、そういうこと?」

三笠に確かめたところ、彼はもともと持っていた貯金や退職金が二、三千万円あり、今回薫子に取られたものはその二割弱だということだった。

だから、悔しいし悲しいけど、今のところ、積極的に警察に訴えようというところまではいかないらしい。

「だから、お金の問題もそうですけど、どちらかというと、愛情や将来の問題が一番つらいところでしょうね」

「それがまた、一番大変なことですけど」

さあ、三笠にどう話したらいいものか、と桐子は考え込んでしまう。

「ささっと、事務的に話した方がいいんじゃないでしょうか」

久遠はそうアドバイスしてくれた。

「あまり情緒的でなく、さっぱりと」

「さっぱりと、結婚詐欺なんですよって？」

「あっさりと、結婚詐欺ですねって宣言するとか」

「冷たすぎるんじゃないかしら、そうめんや冷やし中華じゃないし」

「まあそうですけど」

でもね、と久遠は言った。

「結局、その痛みは一人で受け止めるしかないんですよ。誰も肩代わりできない」

煙草を片手に、彼は遠いところを見つめていた。

「もしかして」

「なんですか」

「久遠さんも、苦しんだの？　こういうことで……」

「まあねえ。僕も人間ですから、恋の一つくらいしますよ」

まあ、その方のように歳を取ってからの恋の方がきっとつらいですよね、と彼はつぶやいた。


仕事が終わったあと、スマートフォンに見慣れない番号があって、おそるおそる電話をしてみると、パチンコ店で知り合った秋葉だった。

「どうしてる？　こっちはあんたが来なくなって、ちょっと寂しくなったよ」

本心かお世辞かわからないが、そう言われると悪い気はしないのが、一人暮らしの悲しさだ。

「そんな、うまいこと言っちゃって……戸村さんはどうしたの？　お元気なんでしょ」

「ああ、元気、あいつも元気」

相変わらずそっけないが、言葉よりも仲良くしていることは見なくてもわかった。

「そうそう、私が紹介した方、大丈夫かしら？　ちゃんと返済されてる？」

「そっちも大丈夫。この間の年金の支給日にちゃんと返してもらったからね。もしかしたら、また、貸してくれって言われるかもしれない。すごく喜んでたから」

「あらそう。でも、貸しすぎないでよ」

「わかってるって。あの時は本当にありがとう」

「いえいえ。でも、あれから特にこちらにはお金を貸してほしいって人はいないのよ」

そのあたりははっきり言った方がいいと思って、自分から先に断っておいた。

「いや、違うのさ、今日はちょっとあんたに頼みがあって」

「なあにぃ。むずかしいことじゃないんでしょうね」

桐子は少し用心する。悪い人間ではないが、まわりまわって、後ろ暗い人脈と繋がっている人たちだ。用心に越したことはない。やばそうなことなら、すぐに断ろうと心に決めながら聞いた。

「ワークショップとか、桐子さん、興味ない？」

「ワークショップ？」

「というか、今風に言うと、サロンっていうの？」

ワークショップもサロンもよくわからない。桐子のこれまでの人生でほとんど聞いたことがない単語だった。

「平たく言うと、高齢女性を中心にした、金儲けのセミナーなんだよ」

ますますあやしくなる。

「ごめんなさい。私、本当にお金もないし、何かあなたたちに提供できるようなものはないのよ」

冗談めかして言ったが、心は「用心しろ、用心しろ」と叫んでいた。

「そういうことじゃないよ。ほら、俺らが世話になっている兄貴いるじゃん。金貸し業をやってる兄貴。あの人の昔のこれが」

秋葉はたぶん、電話の向こうで小指でも立てたんだろう。

「いや、電話じゃわからないか。兄貴の昔の女がさ、そういうワークショップを開きたいらしいんだよ。それで、誰か高齢の女を紹介してほしいって」

「だから、私はそういうのはちょっと……」

「兄貴は強面《こわもて》だが、いい人でもあってさ、その女がまだなかなか人が集まらないって泣きついてきて、しかたなく、誰かいないかって探してるの。そのワークショップ、一回一万らしいんだけど、そのお金も兄貴が出すって言うんだよ。そんなに美人じゃなくていいけど、言葉遣いがちゃんとしていて、口が堅くて、身ぎれいな女がいいらしい」

もう、なんだか、怪しすぎて、言葉が出ない。

「それで、俺、桐子さんがぴったりだってぴんときてさ」

「だから、どういう内容か、ちゃんと話してくれないとわからないわ」

「わかった、じゃあ、兄貴に確認してみる」

一度電話を切った後、実際、十分ほどして、秋葉はまた電話をかけてきた。

「あのね、兄貴に聞いたら、ワークショップ代の一万以外に、行ってくれたら、日給一万出すって」

「え」

「数時間で一万だよ。悪くない話だよな。俺も女なら行きたいよ。もちろん、途中で嫌になったら即断って帰ってきてくれていいって」

頭の中のサイレンは鳴り止まないまま、話だけは聞いてみようという気持ちに傾いている。

「だから、その内容はなんなのよ」

「……詐欺らしいんだよ」

「詐欺？」

「その、兄貴の女っていうのは、昔、昼は保険の外務員、夜はスナックのママをやっていて、男の扱い方はうまいらしいんだ。その経歴を利用した詐欺の手口を開発したんだけど、本人はもう八十近くになっていて、その世界からは足を洗いたいと。で、もっと別の勉強をしようと、起業系のワークショップに通ったところ、結局、事業っていうのはなんでも、ある程度成功したらそのノウハウを教えたり売ったりすることが一番儲かるって学んだわけ。それで、自分もワークショップを開くことを思いついたんだが、今のところ人が集まらなくて、兄貴に泣きついたってことらしい。さすがに詐欺に近いことだから、大々的に広告を出すわけにもいかないし、老人相手じゃネットで募集もむずかしいしね」

「なるほどねえ」

「兄貴は一度惚れたことのある女にはそう邪険にできないたちらしいんだわ」

桐子はまただんだんと気持ちが動いてくる。

自分がその詐欺にひっかかるのは怖いが、詐欺をやる方になるなら、うまくすれば逮捕されるかもしれない。

数日前に確認した、自分の貯金口座について考えてみる。数万円だった。いや、本当ははっきり覚えている。二万三千五百六十八円だった。

何を盗られても、あれくらいしか自分から奪われるものはない。しかも、数時間拘束されるだけで一万円くれるというではないか。

しかも、桐子は逮捕されるのは怖くない。むしろ、重罪で逮捕されたい。

怖いものなんて、もうないのかもしれない。

「少し考えさせてくれる？」

「え。ああ、わかった。よく考えてから連絡してよ。まあ、詐欺の話だから、誰にでも相談していいってわけにはいかないけど」

「わかった。それは大丈夫」

そう答えながら、いったい、誰に相談するべきかしら、と桐子は考えていた。

サロンが開かれる約束の喫茶店の前まで行くと、雪菜は別の方向を向いたまま桐子の手を軽く握った。

「あたしはあの向かいのカフェで待っているからね」

雪菜はチェーン系のカフェを、きりっと筋の通った鼻先で指した。

「わかった」

「なんかあったら、すぐに連絡ちょうだい。すぐに乗り込むし、警察に連絡することもいとわない」

「大丈夫よ、そんなに意気込まなくても」

「スマホは常にポケットに入れておいてね。何かあったら、とにかく『トイレに行かせてください』って言って、そこから電話するんだよ。本当にやばかったら、あたしだけじゃなくて、警察にも同時にね。ここの住所は覚えているよね」

秋葉から住所が送られてきてから、雪菜に何度も暗唱させられた。

「雪菜ちゃん、本当にしっかりしているわねえ」

「友達が一度、やばそうなバイトに応募した時も同じようにしたからさ」

制服姿で男をマッサージするところなんだ、と雪菜はつぶやいた。

「そんなところ、雪菜ちゃんも行ったわけじゃないでしょうね」

「ＪＫリフレなんてやるわけないじゃん」

リフレってなんだろうと思っている間に、雪菜はバイバイと手を振って道の向かい側のカフェに入って行った。

店内は古めかしかった。窓が曇りガラスになっていて、外からは見えないような作りになっている。

昨夜、雪菜にこのアルバイトの話をすると、「あやしいなあ」と言いながらも、「一万は大きい」と二人の意見は一致した。また、あやしければあやしいほど、桐子が目指している「逮捕」「懲役」に近づける可能性もある、ということでも一致した。

「詐欺って結構、罪が重い！　罰金刑はなくて、十年以下の懲役、だって」

雪菜がすぐにネットで調べる。

「それって本当に、重いのかしら、軽いのかしら」

「前の闇金に比べたら重いんじゃない？」

「でもね」

桐子は少し考えた。

「詐欺ってお金取ることでしょ？　つまり詐欺師って一番お金が欲しいわけじゃない？　だとしたら、罰金でお金を取られる方が懲役よりつらい、って人もいるんじゃないかしら？　懲役も科すけど、詐欺したら罰金百万以上、とかにした方が詐欺は少なくなるんじゃないの？」

「なるほど……懲罰っておもしろいね」

この国の法律には、まだ変える余地がありそうだな、と雪菜は腕組みしながら言った。

結局、放課後、雪菜が店の外までついてくる、という条件で話は決まったのだった。

——何かあったら、とにかく、トイレに入る。

雪菜との約束を思い出しながら、ドアに手をかけた。意外に気持ちは落ち着いていた。


店内は広くてブースに仕切られたテーブルが二十ほど並んでいる。一番奥の隅っこの席に座っていた女が「一橋さん」と声を出しながら軽く手を上げた。

その姿が意外ににこやかで気さくなので、桐子は少しほっとして彼女の方に歩いていった。すでに女の前には別の、桐子と同じくらいの年齢の老女が座っていた。

「一橋さんですよね？　何を飲まれます？　あたくしたちはホットにしたんですけど、一橋さんは……」

「私もホットで」

「あら、気を使ってくださらなくていいのよ。なんでもお好きなもの、召し上がって。ここはあたくしが払いますから」

「いえいえ、ホットコーヒーで大丈夫です」

「あらそう」

女はまた手を上げて店員を呼び、ホットコーヒーを追加してくれた。

その振る舞い一つ一つがそつなく洗練されていて、桐子は最初から何か圧倒されたような気がした。飲み物を待つ間、自己紹介をし合った。

ワークショップと言うけど、メンバーはこの三人……生徒は二人だけのようだった。

「一橋さん、下のお名前は？　桐子さん？　それじゃ、桐子さんってお呼びしていいかしら。こちらは里中清子《さとなかきよこ》さんです」

女は優雅にネイルした指を翻《ひるがえ》して桐子の隣の女を指した。彼女の方も気後れしているのか、ぎこちなく頭を下げた。分厚いダウンジャケットを椅子のところに掛けていて、さらにもこもこしたとっくりのセーターを着ていた。のぼせているのか、しきりにお手拭きで汗を拭《ぬぐ》う。それ以外は大きな特徴のない女だった。

「あたくしの名前は聞いていらっしゃると思いますけど小池《こいけ》ゆかりっていいます。よろしくお願いします」

ゆかりが丁寧にお辞儀をしたので、桐子も清子も慌ててそれに習う。

じゃあ、やっぱり、この人が秋葉の「兄貴」の昔の女という人なんだわ、と桐子は思った。八十と聞いていたけど、とてもその歳には見えないから、別の女かもしれないと思うほどだった。横に並んだら、桐子の方が老《ふ》けて見えるかもしれない。あのスーパーの万引Gメン海野さんに見せたら、何歳だと言うだろう。

栗色に染めた髪、色白で微笑むとえくぼが見える顔立ち、ちょっと厚化粧だが品はある。紺色の襟なしスーツは肩の辺りの作りが安物ではないことを物語っていた。前職を聞いていなかったら、普通の奥さんでも通用しそうな見た目だった。何より声がきれいだった。品が良く、ささやくように話しているのに、はっきりと通る。

女優かアナウンサーでもしてたのかもしれない。若い頃はさぞかし人目を引いただろう。

「ねえ、今日はこんなところにお呼びたてしてごめんなさいね」

ゆかりは運ばれたコーヒーをやっぱり、優雅にすすりながら言った。そして、桐子も秋葉から聞いていたような話……夜は水商売、昼は保険の外務員をしていたこと、一度はすごいお金持ちの年上男と結婚したが五十代半ばで彼が死んでからは働かずに生きている、という話をしてくれた。

「まあ、先生は女優さんでもされていたのかと思いました」

桐子がお世辞でもなく言うと、「あら、嬉しい。実は学生の頃、一度舞台に立ったことがあるの」と微笑んだ。

「あのね、前に、さんざん男から金を絞って、何人もの人を殺しちゃった女いたじゃない？」

コーヒーを一口すすったゆかりが疑問形で言ったので、桐子はうーんと考えた。確かに、少し前にそんなニュースがあったっけ、と思い出す。

「覚えている？」

彼女がこちらを見たので、桐子は答えた。

「……確か、笹井《ささい》玲奈《れな》でしたか？」

テレビで観た時、なんだかやることと同じように冷たい名前だわ、と感じた記憶があった。当時、「ササレナ」なんて略されて、ワイドショーで騒がれていたっけ。

「そう、そう。あんなの、最低！　下の下よ」

まあ、人殺しなんてする女は下の下に違いないけれど。

「殺すまでやっちゃだめ。別にそんなことしなくても、お金はちゃんと取れるの。だいたい、殺さなくちゃいけないところまで絞《しぼ》り取っちゃだめ。その前にやめるの。寸止めの美学よ」

思っていたのと、まったく別の方に話の矛先が向かって、声には出さなかったが「ひええ」と心が悲鳴を上げた。寸止め？　美学？　どういうことだ。

「家族や周りの人に怪しまれるほどの高額のお金を取ったり、自宅を奪ったりするのもなしです。警察沙汰になりますからね」

しかし、桐子の隣の清子はバッグから手帳まで出し、熱心にメモを取り始めた。

「あとね、これは人にもよるけど、基本的にセックスはしちゃだめ。そんなことしなくてもお金は取れるから。あたくしが笹井玲奈が最低っていうのはそれもあるの。セックスしてお金を取るなんて。あたくしは認めません」

ゆかりは眉をひそめる。

桐子は同じ年頃の女の口から、「セックス」という言葉が出てきて、また心が「ひいっ」と悲鳴を上げた。桐子はその言葉を、人生で今までに口にしたことはない。

「もちろん、効果的に使える時はいいのよ。でも、それは最後の手段。百万円以上のお金が取れると確実にわかっている時だけ。自分の性を安売りしちゃだめ。でも、ほとんどの時は必要ないわ。そんなことをしなくたって、何十万も取れる、いいえ、百万だって簡単に取れるんだから」

清子がごくっとつばを飲む音が聞こえたような気がした。

「あたくしが皆さんに教えたいのは、女が一人で生きていく方法なの。この世知辛《せちがら》い世の中で一人で生きていくのって大変よね」

桐子も思わず、うなずいてしまった。それは自分が日々、感じていることだ。

「じゃあ、皆さん、覚悟はいい？　これから、本題に入りますね」

小池ゆかりが少し芝居がかった調子で言って、にっこりと笑った。

「あたくしが皆さんに伝授するのは、いかに捕まらずに男からお金を絞り取るかってことなの」

詐欺というのは本当だったんだわ、と桐子はゆかりの顔を見ながら思った。


「どうだった？」

待ち合わせのカフェに行くと、雪菜が読んでいた本から顔を上げた。

「遅かったじゃん。心配で、もう少しで、乗り込んでいくところだったよ。本を読んでいても頭に入ってこなかった」

「あああ」

桐子は燃え尽《つ》きた戦士のように、雪菜の前に座った。

「疲れた……」

「大丈夫？」

雪菜が慌ててレジのところに行き、ココアを買ってきてくれた。

「これ飲んで」

「ありがとう。いくら？」

「そんなの、後でいいから！」

桐子はココアのカップを両手で取ると、ごくごくと体内に入れた。

「はあああ」

「桐ちゃん、何があったの？」

甘い甘い液体が胃に落ちて行くのを感じる。頭がだんだんとはっきりしてきた。

あの小池ゆかりの話に心や神経がやられただけじゃなくて、物理的に血糖値も下がっていたんだわ、と気づいた。

「あの人たち、すごいわ」

「あの人、たち？　その、ワークショップに出ていた人たちのこと？」

「そう」

桐子は思わずあたりを見回した。そんなことあるわけはないのだが、清子がいたりしたら、大変なことになるからだ。そこには、真面目に勉強する大学生くらいの若者や、サラリーマンばかりで特に知った顔はない。

「すごいというか、怖いわ」

「だから、何があったの？」

「本当に、まさに年寄りの男から金を絞り取る方法だったのよ。それを教えてるの」

「それって、詐欺ってこと？」

「いわゆる結婚詐欺というか、色仕掛けの詐欺って言うのかしらね」

桐子は今聞いてきた話を思い出す。

「まず、騙せそうな男……ターゲットをどんな場所で探すのか、というところから始まったの。やっぱり、病院とか美術館、博物館、歌舞伎、ワインの勉強会なんかがいいんですって……お金があって孤独な人が多いから。子供たちとは別居で、奥さんに先立たれて一人暮らしな人。そういう老人と仲良くなって、少しずつお金を引き出す」

「そんなこと、簡単にできるの？」

「どうかしら……」

小池ゆかりが言っていた言葉を思い出す。

「美人じゃなくていいの。むしろ、美人過ぎると相手にあやしまれたり、警戒されますから。そして、相手を上手に持ち上げること。あなたは頼りになるとか、あなたしかいない、とか言って、いい気持ちにしてやりましょう。お金を引き出す理由はなんでもいいんです。まずは病院の支払いができない、孫が病気、子供や孫の学費が払えないなんかは定番ですね。そして、あなたにしか頼めない、あなたしか借りる相手はいないと何度も言って、相手のプライドをくすぐりましょう」

「あのお」

清子が手帳から顔を上げて、尋ねた。

「私、借りても返せないんですけど……返してくれって言われたらどうしますか」

「だから、最初に、お金がないということはきちんと言っておくことです。お金がないから返せない、いつ返せるかわからない、とそれだけはきちんと言っておきましょう。それでも貸してくれる男は必ずいるはずです」

「身体の関係を求められたらどうしますか」

「それも最初に言っておくんです。腰が悪いからセックスはできない、と。結婚ももうしたくないということもはっきりさせておいてね。一緒に暮らすのはいいけど、前の夫でこりごりしたから結婚はもうしたくないと。それなら、結婚詐欺にもなりません。むしろ、それなら俺が結婚する気持ちにしてやる、とハッスルする人も出てくるでしょう。そしたら、ますますお金を引き出せます」

なるほど、と桐子でさえも思わず、うなずいてしまったくらいだった。

「私なんかと付き合ってくれる男なんているんでしょうか。それは先生みたいにおきれいな方だからできるんじゃないですか」

清子は大人しそうに見えて、意外と質問が多い。きちんと納得しないと行動できない性格なのかもしれない。

「今まで、恋愛でうまくいかなかったことはありますか?」

ゆかりが逆に尋ねた。

「もちろんです。若い頃は片思いばかりでした」

彼女は悲しげな声を上げた。

「それは自分が好きな人と付き合おうとしたからでしょう。何度も言いますが、あたくしたちはターゲットと本当に付き合ったり、結婚するわけじゃないんです。自分を好きになってくれた男の中から選べばいいんです。相手のことが好きでなければ恋愛は簡単なんですよ。一度好きになってもらったら、あとは相手が自分に夢中になるようにしむければいいだけです。これまで、まったく興味のない男からしつこく言い寄られたことはありませんか？　その時は邪険に断ってしまったかもしれませんが、今後はそういう男がターゲットになるんです」

恋愛経験の乏しい桐子でも、若い頃には何度か誘われたことがある。思わず、うなずいた。

「容姿を無理して変える必要もないんです。今の自分を愛してくれる人を探しましょう。だって、あなたはその人と付き合ったり、結婚したりする必要はないんですよ。どんな気持ちが悪い醜男《ぶおとこ》だっていいんです。ただ、お金をもらうために近づくんです。むしろ、嫌な男の方がお金を取り上げる罪悪感も生まれません」

へへえ、とため息にも似た同意の声が、清子から漏れた。

「太った女が好きな男もいるし、地味な女性を好む男性もいます。相手に合わせるのではなく、相手が自分にすがりつくのを待つんです。ただ、清潔感は大切です。肌と髪は整えましょう」

さらにゆかりはテーブルの上の紙ナプキンを取り上げると、バッグから高そうな万年筆を出して、財産、と大きく書いた。

「いくら引き出せるか、確認するのはとても大切なこと。全財産の十パーセントから二十パーセントが目安です。そのくらいなら、警察に駆け込まれたりする心配もありません。

その程度なら家族、息子などにも相談しないでしょう。男は見栄っ張りだから、もともと人に恋愛や財産の相談はしません。また、逃げられた後でも、振られたとも思いたくないから人に話さないんです。それには全財産の十パーセント、多くても二十パーセントを目安にしてください。三千万の資産なら六百万が目安ですが、まあだいたい、一人三、四百万くらいがちょうどいいでしょう。出会って二人で会うようになったらできるだけ早いうちに、今住んでいる家がどこにあって、どのくらいの広さで持ち家なのか、退職金がどのくらい出たのか、さりげなく聞いてみましょう」

老人はそんなに資産を持っているのか……確かに、東京に一軒家を持っていれば、それだけで数千万にはなる。

そして、ゆかりは「財産」の隣に「罪悪感」と大きく書いた。

「罪悪感を持っちゃだめです。罪悪感は強い強い気持ちだから、それはあなたを蝕《むしば》み、時に失敗に導くのです。いいですか？　なんの取り柄もない年寄り男が、女といい目にあって、ただですむと思う方が間違いなのです。あたくしたちには価値があるんです。あたくしたちと一緒に時間を過ごしたければ、それなりの対価を払っていただかなくてはならないの！」

「わかりますっ」

驚いたことに、清子が大きな声で返事をした。

「ずっとずっと今まで我慢してきたんです」

「そうよ、あなたは魅力的なのよ」

ゆかりは桐子の方も見た。「一橋さんもそうですよ」

「ありがとうございます」

気がついたら、頭を下げていたっけ。

「馬鹿みたいだけど……そう言われた時、私もちょっとした爽快感があった」

桐子はその時の気持ちを思い出して、雪菜に認めた。

「何かしらね。私たちの世代はまだまだ男に尽くして、男の都合で生きてきた世代でしょう。それが、『あなたには価値がある。あなたは女であるだけで、人間であるだけで素晴らしいんだ』って言われて、悪い気はしなかったのは確か。あんなに褒めてもらったのは久しぶりだもの。犯罪ということはともかく、ああいうのが、ワークショップとかセミナーとかに、人が行く理由なのかもしれないわね。一瞬でも明るい未来を見せてもらえる」

「そんなことで、その先生は儲かるの？　二人の生徒だけの前で話して」

雪菜は首を傾げながら言った。

「どうかしらね。本当かどうかはわからないけど、ゆかりさんはもう家も財産もあって、別に働かなくてもいいんだけど、女たちを助けたいって言ってたわ」

「でも、こんなことを教えて……捕まるのが怖くないのかな」

「詐欺罪の立件はむずかしいと何度か言っていたから、話をするだけでは罪に問えないと高をくくっているのかもしれないわ。今は様子を見ているのかも。ゆくゆくはもっと大きな会にしたいって言ってたわ。それにね、この講座だけじゃなくて、他に疑問点などを相談できる個別指導のサロンがあって、それは月に三万かかると言ってた。男たちからちゃんとお金を取れるように指導するから絶対損はさせないんだって。清子さんはその話をもう少し聞いていくって残ったの」

「ふーん。なるほど、そっちのサロンの方で稼ぐ気なのかな」

「私は今回、人に払ってもらったけど、確かに一万くらいの価値はあるような気がした。ちょっと楽しかったし。清子さんだって、もしかしたら、詐欺をしたい、ということだけではないかもしれない。ああいう魅力的な人ともっと話したいと思ったのかも」

「ふーん。じゃあ、桐ちゃん、詐欺、やってみるの？」

「どうかしら。ワークショップでは捕まらない方法ばかり教えてくれたから、詐欺って案外捕まらないんだなあ、ってわかったし、人に迷惑をかけないのが私の決まりだから……それに、私、自分に人を上手に騙せる才能があるとは思えない」

「だよねえ」

「三笠さんを見ていても、捨てられた男の人がどれだけ、気落ちするのかわかるもの……それからね」

「どうしたの？」

「話を聞いているうちにね、もしかして、あの人……薫子さんもこのワークショップを受けたのかもって思ったの。だって、金額が四百万くらいって、ちょうど同じくらいだし、やってきたことはほとんど同じよ。話を聞きながら、どこかで聞いたことがある話だわ、って」

「なるほど。可能性はないわけじゃないね。まあ、結婚詐欺って皆、同じようなものかもしれないけど」

「先生によれば、この程度の少額の詐欺っていうのは世間が思っているよりもずっとたくさん起こっているんだって。表面化しないだけで」

「まあ、そう言って犯罪に手を染めるハードルを下げているのかもしれない」

「あの先生に聞いてみればよかった。ちょっとカマかけて、薫子さんって知ってますか、その人にもこの講座のことを聞いていたんですが、とか」

「桐ちゃん、人を騙せないとか言って、結構、うまくなったじゃん、嘘言うの」

「いやあねえ」

雪菜を軽く叩く振りをしながら、確かに、トモと一緒に暮らしていた時はまったく考えてもいなかったことを毎日のようにしている、と桐子は自分の変化に驚いていた。


ワークショップの日から数日後、桐子は三笠隆の家に向かっていた。彼から話を聞いて、二週間ほどが経っていた。

あの日からずっと考えて、やっぱり、薫子はなんらかの意図を持って、彼に近づいたのだという気持ちは確信に近づいていた。

事前に三笠の家に電話しても相変わらず出なかった。携帯電話の方にも出ない。ショートメールをしても返事はなかったが、予定があるのならそう返事が来るだろうし。いなかったら帰ってくれれば良い、と訪ねてみることにした。

前と同じように、マンションの五階に上がる。

ドアをそっと叩いてみた。返事はない。ベルを鳴らしても、反応はなかった。

帰ろうと思った時、ふっと思いついてノブに手をかけると、なんとくるりと回って開いた。どきり、としながらドアを引く。

「三笠さん?」

小声で中に呼びかける。日中なのに中の電気は点いていた。

「三笠さん？　三笠さん！　三笠さん、入りますよ！」

ドアを開けたまま、帰るわけにもいかず、そっと靴を脱いで入ってみた。廊下を通る間も、「三笠さん、三笠さん」と呼びかけながら歩く。

奥のリビングに続くドアを開けると、驚いたことに、三笠隆が前に来た時と同じように、ソファに座っていた。

「三笠さん！」

彼は首をゆっくりとこちらに回し、「ああ。一橋さんですか」と言った。桐子はほっとした。

「三笠さん、大丈夫ですか。何度もベルも鳴らして、お声もかけたんですけど、ドアが開いていたから入ってきてしまいました。すみません」

「いいですよ」

三笠はゆっくりと言った。服装も、桐子と会った日のままのようだった。

今日の彼はなんだか元気がない、目に生気がない、風邪でも引いたのかしら、と桐子は思いながら彼の隣に座った。

「三笠さん、薫子さんのことですけど」

桐子は彼が気の毒で、まっすぐ顔を見ることができなかった。自然、伏し目がちになる。

「もしかしたら、本当に詐欺だったのかもしれません」

フォーシーズンズ整骨院で聞いてきたことなどを話した。

ひとしきり話して、「どう思います？」と尋ねようと顔を上げると、彼は眠っていた。

腕を組んだまま、こっくりこっくりと船を漕《こ》いでいる。

「三笠、さん？」

途中から反応がほとんどなかったので、ずいぶん大きなショックを受けているのだ、お気の毒に、と桐子は思っていた。

こんな大切な話をしているのに、眠ってしまうなんて……桐子は困惑を通り越して、何やら彼の姿が薄気味が悪く、どうすることもできなくて、彼の寝顔を見つめた。

第五章　誘拐

結局、桐子は気になりながら、あれからまた、三笠を放っておくことになった。

最後は寝てしまった三笠を、相当大きなショックを受けたのだろうと桐子は理解し、早々に帰宅した。

「それじゃあ、私はもう失礼しますね」

そう挨拶しても顔も上げない三笠を不審に思っても、それ以上踏み込むことはしなかった。

翌日も携帯に電話してみたけれども誰も出ない。数日間、彼のことが気になって仕方がなかった。

——便りがないのは良い便り、とも言うし、もしかしたら、あのあと、彼女が戻ってきたりしているのかもしれない。

こういう時はつい無難な方に考えが行ってしまう。

あの時の嫌な予感は胸の隅にしまって、いい方にいい方に。

一方で、少し前まで好きだった男だ。あまりに幸せで、ラブラブしているのかと思うと少ししゃくにさわる。

——だとしても、一度くらい連絡くれてもいいのに。

そんなふうに腹を立てることで、どこか、自分に言い訳しているような気もする。連絡がないのをいいことに、その後の三笠を捨て置いていることに。そんな自分も嫌なのだ。

——仕方ないねえ。のろけられるのを覚悟で、一度、家に行ってみるか。次の休みにでも。

複雑な心持ちを自分でも扱いかねていた、矢先のことだった。

清掃のパートを終えて、休憩室で着替えようとバッグを開いた時、スマートフォンに俳句の会の友岡明子の着信履歴があるのに気がついた。めずらしいことに、三度も。

ずきっと胸が痛んだ。虫の知らせというのだろうか。良くない、不吉な予感がして、電話をかけ直す前から、「きっと三笠さんのことだわ」と思った。

本当は二週間ほど前のことなのに、三笠をずっと無視していたかのような罪悪感があった。

「ああ、一橋さん！　こちらから電話したのに、折り返しいただいて申し訳ありません」

明子はさすがに常識人らしく、まずは謝った。しかし、尋常でないのは思った通りで、桐子が答える前に畳き込むように続けた。

「ご存じでしたか？　三笠さんが昨日、病院に運び込まれたって」

「えええ？」

「俳句の会で一緒の、三笠さんの今のマンションのすぐ近くにお住まいの江田《えだ》さんがお知らせくださったんですよ。昨日の夜、救急車のサイレンが家の前を通り抜けたんで飛び起きたら、三笠さんが運び出されるのを見たんだって、今朝になってお電話くださって」

「で、ご病状は？」

「それが、江田さんはそれ以上のことはご存じないそうです。運ばれたことを連絡くださっただけで。江田さんはマンションに越してくるまで、ほとんど三笠さんとは話したことがなかったし、その後も、特に挨拶もなかったからそこまでは知らんとおっしゃって」

桐子はおぼろげながら江田の顔を思い出す。いつも会にはいの一番に来て、後ろの端の席にひっそり座っている老人だ。小柄で日に焼けていて、かくしゃくとしているイメージがある。俳句の方はあまり覚えがない。自分から進んで作品を発表するタイプでもなかった。

三笠や自分たちとは会の中の別のグループに属していて、ほとんど話したことがなかった。でも、敵対したりしているわけではないし、顔を合わせたら挨拶くらいするのに薄情なことだと思ったが、彼には彼の言い分があるのだろう。

実際、不思議なことだが、どんな趣味の会でも女性同士はわりによく話すし、男性と女性もうまが合えば桐子たちと三笠のようになじむこともあるけれども、男性同士というのは意外と言葉を交わさない。皆、それぞれぽつんと孤立していることが多い。三笠のように女性と話すだけましな方で、いったい、どうして参加しているのかというような人が少なくない。

江田が「挨拶がなかった」と言っているということはそのあたりのことにもどこか引っかかりがあるのかもしれない。三笠を「女といつも話しているやつ」と思っていたりするのか。

そんなことを明子の話を聞きながら一瞬のうちに考えた。

「三笠さん、運ばれる時はお一人だったってことですけど、やっぱり、あれですか、あの奥さん……同居の方はまだお戻りじゃないんですかね」

「それが」

桐子は言葉を探して、一瞬黙り込んでしまった。

明子にどこまで話したらいいのか、判断がつかない。三笠はまだ話さないでくれと言っていたけど、こういう事態だし、彼女は彼とたいして親しくもなかったのに心配してくれているのだ。

「実は、三笠さんに口止めされているのですけどね……」

つい言い訳がましいことを口にしてしまった。

「彼女、もうずっと帰っていないらしくって、連絡も取れないそうで」

桐子が整骨院に行って調べたこと、お金のことなども簡単にざっと話した。

「そういうことだったんですか、大変でしたね、一橋さんも」

明子は幸い、それ以上尋ねてこなかった。

「そういうことであれば、どうしたらいいのかしら」

「ねえ」

しばらく、お互いに黙った。

「少し様子を見て……入院されている場所がわかったら、お見舞いさせていただきましょうか」

明子はそう提案してくれた。

それが常識的な判断で、それだけでも十分優しい行動だというのは桐子にもよくわかった。でも、桐子自身は少なからず縁がある身だ。しかも、直前に会っていたのだから。

「私は……自分でちょっと調べてみますわ。どこの病院に入られたのか、病状はどうなのか、江田さんやマンションをお訪ねして……心配だし、お世話にもなっていますから」

「では、何かわかったら私にも教えていただけますか」

「もちろんです」

そんな会話があったあと、桐子は菓子折を持って、江田の家を訪れ、さらに詳しい事情を教えてもらった。

彼の家は三笠のマンションの斜め向かいにあり、広い庭のある、木造日本家屋だった。ぐるりと木製の塀で囲まれている家はなかなか立派だった。駅前の和菓子屋の菓子折を持ってきてよかった、と胸をなで下ろす。

「ああ、三笠さんね、なんでも、新聞がたまっているのに気がついて、近所の人が大家に伝えて、入ってみたら倒れてたって。まあ、息があってよかった」

玄関口に出てきたのは、江田本人だった。部屋の奥に人気《ひとけ》はない。江田はジャージのようなものを着て、上にちゃんちゃんこを羽織っていた。それだけなら、普通の老年男性の部屋着としてはどうということもないが、白の靴下は穴が開いていた。桐子はその、かかさにひび割れた親指のつま先と爪を見るともなしに、見ながら話した。

「よくご存じですねえ。明子さんは江田さんはあまりご存じでないとおっしゃっていましたが」

「あのあと、あのマンションの大家の鳥飼《とりかい》さんが挨拶に来たからね。お騒がせしたって」

「ご病状はどうなんでしょう」

「特に大きな病気じゃないが、少し血圧が高くて、風邪も引いていたらしいし、脱水症状もあったって。今、県立病院で精密検査をしているってさ」

江田は桐子を奥に通さず、そのまま玄関の上がり口に腰かけて話した。お茶も出さないところを見ると、やはり一人暮らしらしい。

桐子も玄関に座らせてもらった。

「県立病院ですか」

桐子が前にトモと住んでいた一軒家の一つ先のバス停のところに、県内の別の場所にあった病院が数年前に移転してきていた。

桐子は断って手帳を取り出し、メモを取った。

「大家さんもご存じの方でしたか」

「うん。あのマンションは分譲じゃなくて、賃貸用に建てたもんだから。鳥飼さんは十年くらい前まであそこに住んでいたんだよ。広さも築年も、ちょうどうちと同じくらいの家だったのをマンションに建て替えて、今は息子夫婦と駅前の別のマンションに住んでる」

「ご自分で管理なさってたんですか。それともどこか不動産屋や管理会社に？」

「たぶん、あそこじゃないか、ほら駅前の」

桐子も世話になっている、相田がいる不動産屋の名前を挙げた。

「このあたりは皆、あそこだから」

「ですね。私もお世話になってます」

「あぶなっかしいと思ってたんだよ。こんな目と鼻の先に引っ越してきたのに、挨拶一つなくて、いつも女とベタベタ歩いてるだろ」

桐子は曖昧に微笑んで聞き流した。

「一度、道でばったり会った時に、ワイフの薫子です、とか言っていたけど、救急車が来た時にはいなかったらしいじゃないか。どういう関係なんだか」

「まあ、そうですねえ」

桐子はなんとも言えなくて、話をそらす。

「江田さんと鳥飼さんは昔から、お付き合いがあるんですか」

「近所だからね。でも、あのマンションが建った時にはね、もっとすっきりしたのを建てればいいのに、あんな、けばけばしいデザインにしてってこのあたりでも評判だった。鳥飼さんは悪い人じゃないんだが、息子の嫁さんがなんだか、派手好きな女でね。うちのばあさんも生きていた時は、まるでいかがわしいホテルみたいじゃないか、なんて嫌がってた」

このあたりは東京のベッドタウンでもあり、人々の付き合いはドライなところがある。けれど、古くから住んでいる人たちはお互いのことに詳しいようだった。

「奥様、亡くなられたんですか」

「うん、二年前にぽっくりと」

「それはご愁傷様でした。存じ上げずに……」

桐子は、そういえば、彼が俳句の会に入ってきたのはその頃だった、と思い出した。

「介護の必要もなくぽっくり逝《い》ってくれたのはいいが、残された方はたまらないよな」

偽悪的に笑ったが、そこにはさみしさがにじんでいた。

「そうですねえ」

「あんたもあれだろ、一緒に来てた友達が亡くなって……」

「宮崎知子さんですか」

「そう、大変だったたな」

そんなふうに声をかけられて、しみじみとした空気が流れた。

「ええ」

「きれいな人だったのに」

え、と彼の顔を見直してしまう。トモが亡くなってから、そんなふうに言ってくれる異性はいなかった。

「いや、背がすらっと高くて、明るくて菜の花みたいな人だなって」

菜の花……すてきな褒め言葉だと思った。言った江田は下を向いて、少し照れている。

「ありがとうございます。トモが生きていたら喜んだと思います」

桐子の目に靴下の穴がまた飛び込んできた。近所に住んでいたら繕ってあげるか、新しい靴下をお礼に持って来られるのに……。話を聞いた後と前では見え方がまるで変わってくるものだと思った。

三笠さん、と声をかけようとして、ふっと息を呑んだ。

ベッドに横たわっている三笠は目をつぶっていて、ぐっすり眠り込んでいた。

その寝顔を、桐子は近くに座ってしばらく見ていた。

老人の寝顔、というものは見慣れていた。トモの看病をしたから。

とはいえ、検査入院して「がん」という診断が出るとすぐに彼女の息子たちがやってきて、「あとは自分たちでやりますから」ときっぱり言われ、見舞いに行くことくらいしかできなかったが。

——歳をとると、どうしてこう寝顔がぺったりと平面になるのかしらね。

三笠がちょっと前にコーヒーショップに桐子を呼び出し、薫子を紹介した日のことを思い出す。

あの日の彼は小憎らしく、はしゃぎすぎて、下品で、ひどいものだった。けれど、今となると元気でいきいきとしていた。あの、桐子を怒らせた彼に戻ってほしいとさえ思う。

——私をむかつかせても、哀れませないでほしい。

しかし、歳をとるということはそういうことかもしれない。

小一時間ほどすると、三笠は寝返りを打って、目を覚ました。ぼんやりと桐子を見る。

「三笠さん」

呼びかけてみたが、彼の目には紗《しゃ》がかかったままだ。

「一橋桐子です。おかげんいかがですか？」

「ああ。ありがとうございます」

口をあまり開けないので、小さな小さな声だった。反射的に答えているだけで、こちらを理解しているような気がしなかった。

「三笠さん、わかりますか。俳句の会でお世話になった、一橋です。二週間前もお宅にうかがいましたよね？　薫子さんのことを話したの覚えていますか？」

三笠はぼんやりとこちらを見ているだけだ。

「薫子さんからその後、連絡はないのですか？」

顔を左右に振った。ない、ということだろう。

それでも、少し反応してくれたことに、ほっとする。

「沖縄の息子さんにはご連絡されたのですか？」

また、ぼんやりとした目でこちらを見ている。

桐子はどうしようもなくて、つい、深いため息をついた。

それに気がついたのだろう。三笠が「すいませんねえ」と間延びした声で言った。

思わず、笑ってしまった。

すいません、というのはどういう意味だろう。ため息をつかせてしまってすいません、なのか、ただ、この状況に反応してのすいません、なのか。

「いいんですよ。私、ちょっと看護婦さんにお話を聞いてきますね」

いや、今は看護師さんと言わなきゃいけないのか、とつぶやきながら、廊下に出た。しかし、ナースステーションで三笠さんについてお聞きしたい、と言っても、親族でないと話せないの一点張りだった。ただ、三笠を以前から担当していたケースワーカーと病院のソーシャルワーカーが今後のことについて話している、という情報だけは聞けた。

その後、明子に連絡して事情を話し、二人でもう一度、三笠を見舞った。

相変わらず、三笠の元気はなく、桐子や明子にたいしても「ありがとう」だとか、「そうですねえ」と言葉少なに返すだけで、こちらのことがわかるのか、わからないのかも定かではない。

明子と一緒にナースステーションに挨拶し、「俳句の会」の仲間です、とさらに自己紹介した。彼女がハーゲンダッツのアイスクリームの詰め合わせを差し出すと「こんなことはしていただかなくていいんですよ」と言いながらも受け取ってくれた。

「最近は看護師さんたちもなかなか差し入れをもらってくれないのに」

病室に戻って、桐子は感心して言った。

「ハーゲンダッツは特別。結構、受け取ってくれるんですよ」

明子は笑って片目をつぶった。

「おいしいし、立ったままでも食べられるでしょう。とけてしまうから受け取らざるをえないし」

「あら、よくご存じなのね」

「姑を看病しましたから」

そうこう話していると、病院のソーシャルワーカーが来てくれた。ハーゲンダッツが効いたわけではないだろうが、看護師の連絡を受けたらしい。

彼女は四十代半ばくらいの女性だったが、桐子たちを廊下に呼び出し、小声で、三笠の沖縄の親族について知っているか、と尋ねた。桐子が知っている限りのことを答えると、ちょっと考えて、彼女の方も少し事情を話してくれた。

すでに一通りの検査が終わり、大きな病気にかかっているわけではないので退院も可能なのだが、しばらく微熱が続いていること、少し認知の症状があるということで、今後の対応を皆で考えているらしかった。

「三笠さんは今のところに引っ越すことを担当のケースワーカーさんに話していなかったらしいのです。それで、ちょっと連絡が遅れましてね」

彼女はそれ以上、何も言わなかったが、薫子との問題が関係してるのだろう、と桐子は察した。今は、ケースワーカーとソーシャルワーカーで、あのマンションにまた戻るのか、それとも入れる施設を探すのか、沖縄の親族も含めて話し合っている、ということだった。

「どうも、沖縄の方たちはお忙しいみたいで」

彼女は言葉を濁《にご》したけれど、あまり協力的ではないことはすぐにわかった。

明子とはバスを使って駅前まで一緒に帰ってきたが、あまり会話は弾まなかった。ぼんやりと窓の外を見ている明子の横顔を見ながら、きっと自分の老後を考えているのだわ、と思った。


三笠のお見舞いをした、二週間後のことだった。

桐子は仕事の昼休みに、清掃会社の人事部からスマートフォンに電話がかかっていることに気がついた。

手作りのおにぎりを慌てて飲み込んで折り返し電話する。

「一橋桐子さんですか？」

今まで聞いたことのない、若い女の声だった。

「そうですが」

「申し遅れました、わたくし、本社から出向しております、堺屋《さかいや》貴子《たかこ》と申します。初めまして。つきましては、一橋さんに来月、仕事をお辞めいただきたく、お電話差し上げました」

彼女はそこまで一気に言って、言葉を切った。

あまりに急に、敬語も丁寧語も、接続詞もばらばらな、でも、伝えたいことは明確な言葉を続けざまに並べ立てられて、桐子は息を呑む。

しばらく、沈黙が続いた。

しかし、向こうの方もそれ以上何も話さないので、仕方なく言葉を絞り出した。

「退職ということですか。この仕事、清掃の仕事を辞めなきゃいけないってことですか?」

「はい」

堺屋はそれだけ言って、また黙り込む。まるで、桐子に必要以上言葉を使うのはもったいないかのように。

「ええと、どうして辞めなくちゃならないんですか」

「一橋さん、来月七十七になるんですよね?」

そうだった。見も知らぬ彼女に言われて初めて気がついた。最近、いろんなことがあって忘れていたけど、来月四月二十二日は桐子の誕生日なのだった。

「はい、四月二十二日は誕生日ですが」

「おめでとうございます!」

自分の誕生日なんて誰も覚えていてくれないし、誰も祝ってくれない、と自嘲気味に考えた時、いきなりそう言われて、さらに頭の中がこんがらがってしまった。

　退職のお願いと、誕生祝いを一緒に言ってしまう、彼女の気持ちがよくわからない。きっと深い考えもなく、反射的に言っているのかもしれない。彼女の歳では、誕生日ならなんでもおめでたいのだろうし。

「一橋さんは以前から働いていただいていたのと派遣先の評判も良かったので高齢でも続けていただいていた、と聞いております。ただ、この四月から会社が吸収合併されることになり」

　堺屋という女はそこで言葉を切った。

「わかります？　きゅ、う、しゅ、う、がっ、ぺい」

「まあ、なんとなくは」

　そう答えたけど、桐子だって一応、会社勤めの経験があるのでそのくらいは知っている。なぜ、若い人は、高齢女性は会社で働いたこともなく、知識もないと思うのだろうか。それはともかく、これまで働いていた会社はなくなってしまったのだろうか。

「それで、定年の、まあ、一橋さんはパートですから厳密には定年というのとはちょっとちがうかもしれませんが、とにかく、定年の厳格性を高めようということになりまして。さらにこの不景気ですから、四月から清掃を打ち切られた場所もありまして、仕事が少なくなってしまうんですよねえ。で、一律、七十五歳以上の人には辞めていただこうということになって、決めさせていただきました」

「でも……」

派遣先が少なくなるのは、清掃会社の方の都合ではないのだろうか。

「一橋さんは、この会社でも最も年齢の高いパートさんの一人なんですよ」

それが何よりの決め手だというように、貴子は言った。

「社長とお話しできますか？」

「前社長はもう、退職されました」

「そんな……」

「それじゃあ、詳しいことはまた文書にしてお送りしますので、それに判を押して送り返してください」

桐子が息を呑んでいる間に、「では、よろしくお願いします！」と素っ気ない挨拶をして、電話は切れた。

桐子の話を聞いてくれるのは一人しかいない。

ＬＩＮＥに「仕事辞めさせられちゃうみたい」と送ったところ、雪菜は学校のあと、すぐに家に来てくれた。桐子は退職のことと、三笠のことを話した。

「その文書というのが来たら、見せてね」

「うん。でも、しかたないわ。もうこの歳だもの。よくしてくれた社長も辞めちゃったって言うし」

雪菜は桐子の話を聞きながら、また、スマートフォンで何やら調べている。

「パート切り……パートだって、いきなり辞めろって言うのは違反みたいよ。桐ちゃんは、なんか契約を結んでいたの？」

「契約？」

「このパートを始める時、契約書みたいの書いた？」

「どうだったかしら」

虚空《こくう》をにらんで考えるが、どうしても思い出せない。

新聞の折り込みチラシで「初めての方歓迎！　六十歳以上でも！」という謳《うた》い文句にひかれて事務所に電話をした。池袋にある事務所に呼ばれて履歴書を見せると、社長が直接面接をしてくれた。「一橋さん、ちゃんとお勤めしてきた人なんだ。そういう人は責任感が強いから嬉しいよ。はい、採用！」と言って、背中をポンと叩いてくれた。すごく嬉しかった。そして、彼が直接手取り足取り、掃除のノウハウを教えてくれたっけ……。小さいけれど、働きやすい場所だった。

あの頃、契約書を書いたかどうか……まったく記憶がない。

新しい涙がこみあげてきた。

「私ってだめね。そんなことも思い出せないのだもの。もう、本当に、おばあちゃんになっちゃったんだわ」

昔、トモが刺繍《ししゅう》をしてくれたハンカチに顔を埋める。

「いいの、いいの。こっちこそ、変なこと聞いてごめん」

雪菜が背中をさすりながら、スマホを読み上げた。

「契約書があってもなくても、いきなり辞めてください、っていうのは違反らしいよ」

「本当に？」

「退職の一ヶ月前に通知するか、一ヶ月分の賃金を払うことが必要ですって」

桐子には当てはまらない。誕生日にはまだ一ヶ月以上あるし、四月の末日は一ヶ月半先だ。会社は法律的には何も間違っていないのだ。訴えたりすることもできない。

でも、さらに出てきそうな涙をぐっとこらえる。せっかく、調べてくれた雪菜に申し訳なかった。

それでも、桐子の顔を見てすぐに察したらしい。雪菜はスマホを静かに閉じて、桐子の肩を抱いた。

「泣いていいんだよ」

「……これからどうやって生きていったらいいのかしら」

「大丈夫、大丈夫、なんとかなる」

しー、しーと小さく声を出しながら、雪菜は桐子の肩をなでる。まるで小さな子をあやすように。

「……桐ちゃん、まだあのこと、考えてる？」

しばらくして桐子が落ち着くと、雪菜は尋ねた。

「あのこと？」

「刑務所に入ること」

「もちろん」

桐子はため息をついた。

「もうそれしかないって思ってる。だけど、誰にも迷惑をかけない刑務所の入り方って本当にあるのかしら」

雪菜はそれには答えなかった。

「本当にずうっと長く死ぬまで刑務所に入れるのって、誘拐とか殺人しかないんじゃないかしら」

「じゃあ……誘拐、する？」

「え？」

「桐ちゃん、誘拐する？　あたしを」

「あなたを？」

その言葉の意味がだんだん自分にしみこんできて、桐子は我に返った。

雪菜を押しのけるようにして、その顔をじっと見る。彼女はゆっくりと、でも確実にうなずいた。


「うちの親、見合いなんだよ」

雪菜が桐子が作った蒸しまんじゅうを頰張りながら、昔話をするように言った。中の小豆《あずき》も、皮も、桐子が手作りしたものだ。こういうお菓子を、ここでいったい何回食べただろう。

「お見合い……いいじゃないの、私たちの世代は恋愛結婚の方が少なかったのよ」

「見合いが悪いって言うんじゃないの。それでも、いい家庭を築いている人はいっぱいいるし、いい夫婦もいっぱいいるって、あたしもわかってる。だけどね、うちはちょっと違うの」

「どう違うっていうの？」

台所からリンゴを持ってきて、皮をむきながら尋ねた。パート先やこれからの収入が途絶えた問題が何も解決したわけではないが、女というもの、そういう結婚やら家庭のあれこれを聞いていると、不思議と気が紛れる。

「パパは大手メーカーのエンジニア、ママは広告代理店の営業職だったの。二人とも超忙しい。ギリギリ、バブル世代の人なのね。お互いの友達の紹介でお見合いしたの。その頃、ママは三十を過ぎて、結婚に焦っていた、っていうか、子供を作ることに焦ってたんだって。今産まないと産めなくなってしまう。そして、子供を産まないと、自分の仕事のためにも成長できないって思ったんだって」

「ふうん」

「勝手だよね。あたしはママの人間的成長のために生まれてきたんだ」

桐子は答えようがなくて苦笑した。

「それで、三十代後半だったパパを見た時、ぴんときたらしいの。この人しかいない」

「ああ、あれね、びびびっときたってやつか。一目惚れなのね」

「違う違う、そんな甘い話じゃないよ。ママはパパと出会った次の日に、すぐに相手の職場に電話してご飯を食べませんか、って誘ったんだって。当時はまだ携帯電話を全員が持っている時代じゃなかったから。そして、会っていきなり言ったの。私と家族を作りませんか、って」

素敵な話じゃないの、と言いたくなったが、彼女にまた「そんな甘くない」と言われそうで黙っていた。

「ママが主張したのはこういうことなの。自分はこれまでそこそこ恋愛してきた、だけど、結婚にはつながらなかった。自分は仕事はできるし、勉強もできたし、友達も作れるけど、恋愛は苦手なんじゃないかって思ってきた。でも、家庭は作りたい、子供も欲しい。それに、恋愛はうまくいかなくても、よい家族を作れる自信はある。料理も家事もできる」

「すごいわねえ」

「実際、料理教室なんかには行ってたらしい。かあっとのぼせ上がって、何年か付き合って、上手に結婚に持っていくような恋愛はたぶん、うまくできないから、それをすっとばして、冷静な気持ちで結婚しませんか、ってことなの」

「なるほどねえ」

心の底から感心して、ため息のような相づちが出てしまった。なるほど、そういう結婚の形もあるかもしれない、と。

「パパはびっくりしたけど、ママの話を聞いているうちに悪くないかな、って思ったらしいのね。パパも理系で人付き合いはもちろん、女性との付き合いは苦手な方で、大学時代に女の人と付き合って、就職してその人と別れてからは、誰とも付き合ってなかったんだって」

「あなた、親御さんのそんなこと、よく知っているわねえ」

「ママから聞いたの。十歳になって生理のことや男の人とのことを教えてもらった時に、一緒に話してくれた。こういう考え方もあるよっていうことでね」

今度は、なるほどねえ、とは言えなかった。ここまであけすけに、両親の過去を知ることが、子供にとって良いことなのかわからなかったからだ。

「パパも同調したらしいんだけど、あたしから言えば、そういうことに賛同してくれそうな人をたぶん探してたんだろうね、ママは。二人は何度か会って、家族についてとか、金銭感覚とか、仕事や家事の役割分担についてとかを話し合い、同意にいたったの。で、結婚して、あたしが生まれた」

「そういうことだったのね。とても変わってるし、奇妙だけど、それもまた考え方だわね、お二人ともお仕事が忙しくて、雪菜ちゃんは大変だろうけど」

桐子は剝《む》いたリンゴを八つに切り分け、皿に盛って、雪菜に差し出した。彼女はそれに軽く会釈しただけで礼も言わずに取り、ばりばりときれいな歯で嚙んだ。まるで、自分の両親を嚙み砕くかのように。

「ううん、桐ちゃん、人間はそんな計算通りにいかないのよ」

雪菜が冷めた声でそう言った時、桐子はなんだか、自分よりずっと大人と対峙しているかのような気持ちになった。

「自分の家庭が他の家とどこか違うっていうことにはもっと小さい頃から気がついていた。両親がいつも冷静で、どこか冷たいな、って。ママから話を聞いて、その時はそれが理由かとわかった気になったけど、違うの、それだけじゃないのよ。中学生になって、親がケンカしたりしているのを漏れ聞いているうちに、だんだん本当の理由がわかってきた」

「どういうことなの?」

「ママは自分はいろいろ恋愛してきたってパパに説明していたけど、そんな生易《なまやさ》しいもんじゃないの。二十代の時はすっごい有名な写真家の人と不倫してたらしい。向こうは奥さんもお子さんもいる人よ。何度も何度も別れたり、くっついたりしていて、ぐちゃぐちゃになってて、その気持ちを断ち切るために結婚したらしいの」

今度もまた桐子は返事をしなかった。母親を否定するような意見も肯定するような言葉も雪菜を傷つけるような気がしたからだ。

「当てつけ、というんでしょ、そういうの。結婚してあたしが生まれるまでは関係が切れていたらしいんだけど、小学生になる頃には、その男がまたママにちょっかい出してきたらしい。ママも最初は無視してたらしいんだけど、男から手紙が来たり、電話がかかってきたりして、パパにもばれてしまったの」

桐子は思わず、ため息をついた。雪菜とその家庭の不運を思って。

「パパはママの主張を受け入れて運命共同体として結婚したのに、裏切られたと思ったらしいのね。ママはママで、恋愛してきたということは話をしていたのに、なぜ、今さらそんなこと言うの、ってケンカになってしまう。私が小学生の頃にはもう、家の中はいつも険悪だった。家族旅行なんて一度もいかなかったし、二人はほとんど家にいないし、お互い私には話すけど、二人は話さないし」

「それはつらいわね」

「子供の時はそれが普通だと思ってたけどね。でも、友達の家とかに行くとわかるじゃん、うちはおかしいんだって」

「そんなにひどかったの」

「そのうちパパも不倫するようになったの。会社の部下でパパのことに心酔している女と。

結局、ママもまたその写真家との仲が復縁したみたい。お互い、私が二十《はたち》になったら離婚するって、それだけは仲良く意見が一致しているんだ」

雪菜はまた、リンゴをばりばりと嚙み砕いた。そして、つぶやいた。あと三年、と。

「だからさ、桐ちゃん、あたしを誘拐してよ。あたしを誘拐して、あの親たちに一泡吹かせてほしいの」

「そんなこと」

「いいじゃん。あの二人に思い知らせたい。あたしがいなくなってもいいのか。何より、あたしを愛しているのか。あたしが戻ってきた時にあの二人がどんな顔をしているのか」

愛、なんて危険な言葉だろうと、桐子は思った。

「それを知りたいし、知らせたい。実行すれば桐ちゃんは刑務所に行けるし、あたしは親に思い知らせられる。一石二鳥じゃん」

「だけど、どうすれば」

「簡単だよ。いつもと同じでいい。ここにいて、適当な時間に家に電話するのよ。誘拐しているぞ、お金ちょうだいって。ボイスチェンジャーか何かで。あ、文章を作って、スマホの音声で読み上げさせればいい。あたしを縛った写真を送りつけてさ。で、ここにずっといるの。翌日、お金を用意させて、それを取りに行けばいいじゃん、桐ちゃんが。そしたら、きっと捕まる。ここに縛られた私がいれば、誘拐のいっちょ上がりよ」

「そんなうまく行くかしら」

「いくよ、いくいく。だって、誘拐して脅して、成功する必要がないんだよ。失敗すればいいだけなんだもの」

「だけど、私なんかに雪菜ちゃんを縛り上げることができると思う？　おかしく思われないかしら」

「うーん」

雪菜は少し考えた。

「睡眠薬にしよう。桐ちゃんがお金を取りに行く前に、私が少し多めの睡眠薬を飲めばいい。睡眠薬はママが処方されて飲んでいるのがあるから、持ってくるよ。そして、目が覚めたら縛られてたって言えば」

少し、うまく行きそうな気がしてきた。

雪菜は早速、検索している。

「……未成年者を略取し、または誘拐した者は三月以上七年以下の懲役に処する」

「意外に短いわねえ」

「いや、犯人の目的が重要らしい。身代金が目的の場合には無期懲役または三年以上」

「無期！」

さすがに今までにない、懲役の長さだ。桐子は身震いした。


実行日は、月末の土曜日とした。

その前日、両親たちはそろって不倫相手と旅行するらしい。

「あたしは桐ちゃんちに金曜日から泊まる。で、翌日、二人が家に帰ったら、あたしがいなくてどうしたんだろう、って考えている時に電話したらどうかしら」

「そうね」

「いや、電話じゃなくて、自宅に直接ファックスにしようか」

「ファックス、うちにないわよ」

「コンビニからファックスすれば。コンビニの防犯カメラに桐ちゃんが写れば、犯人だっていう、証拠になるよね」

細《こま》かく計画するのは結構、楽しかった。

誘拐計画が持ち上がってから、雪菜は平日、ほぼ毎日、桐子の部屋に来た。

「これ、考えてから、あたし、なんか人生に張りが出てきちゃってさ」

雪菜が笑う。

「親にも優しくできるんだよねえ。急に素直になったから、向こうもびっくりしてるみたい」

「雪菜ちゃんは今までだって、十分素直じゃない」

「ううん、家ではぜんぜん違うよ。親が言うことにはほとんど返事しなかったし、あっちが言うことには絶対逆らう」

「そうなの」

ははははは、と桐子は声を上げて笑ってしまった。

「子供みたい」

「子供だよ、あたし」

雪菜が唇をとがらせて言った。

「ごめん、ごめん。そうだったそうだった」

桐子は慌てて謝った。

「だけど、雪菜ちゃん、しっかりしてるし、いい子で私の話を聞いてくれるし、大人に見えるから」

「親にはめちゃくちゃ反抗的だったから。だけど、この間、ママに『雪菜、将来はどうするの?』って夕食の時間かれて、つい『国際弁護士になろうかな』って言ったら、親がしーんとしちゃってさ」

「あら」

「どうしたんだろうって思ったら、今まで、そういうの聞かれてもちゃんと答えてなかったんだよね。黙って席を立つか、うるさいな、あたしの勝手でしょ、とか言ってたらしいの。ママなんて涙ぐんでたんだよ」

あたしが答えただけでそんなに嬉しいのかな、と雪菜はつぶやいた。

「桐ちゃんと話すようになってから、犯罪とか刑法とかおもしろいな、と思って。それに国際弁護士なら堂々と海外に行けるでしょ」

「ご両親も雪菜ちゃんのこと、嫌いじゃないんだよ、きっと。心配してるんだよ」

「そうかな」

「……雪菜ちゃん、やめていいんだよ」

桐子はしみじみと言った。

「誘拐、考え直してもいいんだよ」

「ううん。あたしの恨みはこんなことじゃ、消えない。あたしが生まれた時からのことが積もり積もっているし、なんたって、そんな理由で産んだのかっていうのがまず許せないし」

「それならいいけど」

「桐ちゃんだって……いいの？　本当に？」

「私は失うものは何もないもの」

桐子はきっぱり言った。

あれから、毎日仕事には行っているけど、もう、辞めなきゃいけないと思ったら急に味気ないものに変わった。

三笠は病院から一時的に施設に移ることになった。そこから、今後どうするのか、さらに考えるらしい。沖縄の息子は非協力的だし、皆が頭を悩ませているようだ。

歳を取って、あんなふうにたらい回しにされるのはごめんだ。だったら、刑務所の方がまだまし。

三笠の窮状は、桐子の意志を堅固にした。

退職が決まっている仕事だって、誘拐計画があると思うから、なんとか行けるのだ。

その日、学校が終わると、雪菜はまっすぐ桐子の部屋に来た。桐子は夕食を作って待っていた。

――もしかしたら、これが、私がシャバで作る、最後の晩ご飯になるかもしれないわね。

気になるのはそれくらいで、不思議と気持ちに高ぶりも、緊張もない。

子供が喜ぶようなものを、と考えて、結局、ハンバーグにした。

「家でちゃんと作ったハンバーグを食べるなんて、すっごい久しぶりだよ！」

雪菜はメニューを見て、喜んだ。

「そう？　おいしいかどうかわからないわよ。私のは自己流だから」

合い挽《び》き肉に、タマネギを刻んで炒めたものとパンを牛乳に浸したもの、卵なんかを混ぜてよく練って焼いただけだ。

「ううん、おいしいよ。うちのはいつもどこかの有名レストランの通販とかで買ってきたやつだから」

「あらあ」

そんなことを言われると、余計に心配になってしまう。だけど、雪菜はおいしい、おいしいと平らげた。

脅迫状の文面はすでに二人で練り上げていた。

雪菜さんを預かっています。無事に返してほしければ、今日の午後四時に三千万円を伊勢丹デパートの紙袋に入れ、中央公園のベンチに置いてください。

そして、後ろ手に縛った雪菜の写真を撮ったものを付けてデータにし、それを桐子がコンビニのプリンターを使ってプリントアウトした。そのコンビニは明日、ファックスを送る店と同じところにした。

「ねえ、桐ちゃん」

「なあに？」

その日、雪菜は桐子の布団を使い、桐子はこたつ布団にくるまって寝た。桐子の方が身体がずっと小さいのだから、と主張してそちらにしてもらった。

「あたし、絶対、刑務所に面会に行くからね」

「だめよ、そしたら、二人が共犯だってばれちゃうじゃない」

「大丈夫だよ、一年すれば、皆忘れるよ。その頃に行く」

「うん」

「あたし、絶対、行くから。しばらく来なくても、あたしのこと、忘れないでよ。絶対絶対行くから、絶望したりしないで待ってて。ずっと友達だからね」

桐子の目からあふれた涙が、つうっと伝って、耳の方に流れていった。

「じゃあね、お休み」

桐子が答えないので、雪菜はそう言って、眠りについた。

本当は桐子は寝られなかった。不安とも安堵《あんど》とも付かない気持ちで、ずっと天井を見上げていた。


当日は、思っていた以上に、普通に始まった。

どうせ、親は昼過ぎまで帰ってこないから、と雪菜が言うので少し寝坊することになっていたが、実際には二人とも六時頃には起きてしまった。

朝ご飯の最中に、雪菜はスマートフォンの電源を切った。

「ま、あいつら、あたしがいないことにも気づいてないだろうけど、念のためね」

桐子が作った、ご飯と味噌汁、鯵《あじ》の開きにぬか味噌漬けの朝食をもぐもぐと食べながら言う。

「雪菜ちゃん」

桐子は箸を置いて、もう一度、尋ねた。

「本当に、いいのね？」

「もちろんだよ。だって、あたしには失うものなんて何もないもん」

桐子と同じことを言う。

そして、キュウリの漬物を箸で持ち上げた。

「でも、この漬物をもう食べられないのはつらいね」

「馬鹿言って」

桐子は思わず笑った。

「本気だよ」

「じゃあ、ぬか床の入れ物をアパートの裏に置いておくから、事件が終わったら取りに来たら。今は春先だから二、三日なら大丈夫だと思う」

「なるほど！」

雪菜は本気なのか、桐子のぬか床を厳重にポリ袋に包み、二人でアパートの裏に隠した。戻ってくると、「桐ちゃんこそ、いいの？」と尋ねた。

桐子も「もちろん」と答えた。

「私こそ、失うものは何もない」

正午になると、桐子はワンピースに着替えて、コンビニに向かった。トモとホテルに行く時に着た服だった。こんな時に一張羅《いっちょうら》を着てもしかたないと思いながら、結局、その服を選んでしまった。

ファックスの送り方は、この計画を立てた後他のコンビニで雪菜と練習していて簡単にできたけれど、やはり「実行」ボタンを押すときはためらってしまった。

そこから家に戻ってからは、さすがに雪菜とも話が途絶えがちで、こたつの中でぼんやりと過ごした。誘拐の最中だというのに、静かな時間だった。

三時半になると、雪菜が急に立ち上がった。

「やばい。あたし、一本、電話をかけなきゃいけない用事を思い出した。ちょっと外でかけてくるね」

「え、じゃあ、私のスマホを使う？」

「ううん。大丈夫。一瞬で終わるから」

そう言うと、自分のスマホを手に玄関に向かった。

「雪菜ちゃん、大丈夫？」

桐子が不安になって思わず尋ねると、雪菜は振り返って「大丈夫」と答えて笑った。

「すぐに戻ってくるから、桐ちゃんはここで待ってて」

「うん」

「あたしが戻るまで、家から出ちゃだめだよ」

そして、桐子の肩を引き寄せると「絶対、忘れないでね」と言って出て行った。

桐子はまた、こたつに入って、雪菜を待った。

すぐに戻ると言っていたのに、雪菜は十分経っても、二十分経っても戻ってこなかった。

「一橋さん！　一橋桐子さん！」

急に耳元で呼びかけられたような大きな声がして、桐子ははっと目を覚ました。

気がつくと、昨夜からの睡眠不足がたたって、桐子は眠ってしまっていたようだった。

あたりは真っ暗になっている。

いったい、何時かしら、私はどうしたんだっけ。

一瞬、自分がどこにいるのかもわからなくて、時計を見ると、六時を過ぎている。

どん、どん、どん、どん。

アパートの木製のドアが鋭く叩かれた。

「一橋さん！　一橋さん、いますか!?」

「はあい」

我ながら間の抜けた声が出た。

慌てて、ドアを開けると、背広姿の男が二人立っていた。

「一橋桐子さんですよね？」

「……はい」

返事をしたとたん、ぱあっと、目の前に現実が戻ってきた。

この二人はきっと警察だ。

私は雪菜と誘拐計画を立てたのだった。そして、雪菜はどこにいるのだろう。

桐子の考えを見抜いたかのように、彼は言った。

「警察です」

そう言うだけで、ドラマみたいに警察手帳を見せてくれたりはしないのだった。

「榎本雪菜さんを知ってますね」

「……はい」

桐子が迷いながらも素直に答えると、二人は顔を見合わせた。

「彼女、昨日はここにいたって言っているけど本当ですか」

桐子はなんと答えてよいのかわからなかった。

「雪菜さん自身がそう言っているんですけどね」

「……雪菜ちゃんは他になんと?」

「全部、話してくれましたよ」

桐子はつい、下を向いてため息をついてしまった。きっと向こうからはあやしい動作に見えるかもしれないとわかっていても、止められなかった。

「ここではなんですから、ちょっと警察まで来ていただけますか」

二人は思っていたより、ずっと穏やかだった。

桐子がいつも使っているハンドバッグを出すのを待って、コートを着るのまで手伝ってくれた。そして、パトカーに乗った。

その時、気づいたのだが、アパートや近所の人たちが、皆、外に出て桐子と刑事たちを遠巻きに見ていた。

ありがたいことにサイレンを鳴らさないで、パトカーはアパートから走り出した。


警察でいろいろ聞かれているうちに、桐子にもやっと事の全容が見えてきた。

電話をかける、と言って出て行った雪菜はその足で実家に帰り、待っていた警察と両親に「すべて自分のやったことだ。ダブル不倫している両親に仕返ししたかった」と白状して謝ったらしい。

けれど、その時、すでに警察はファックスがコンビニから送られたこと、その防犯カメラに桐子が写っていることを突き止めていた。

雪菜は桐子の写真を見せられて嘘をつけなくなり、桐子に手伝ってもらったのは本当だが、それは自分が強引に頼んで巻き込んだことだと説明した。そこで、警察は桐子のアパートに来たらしかった。

警察で桐子も、最初は事情がわからず言いよどみ、自分のせいだと主張した。けれど、警察の追及はそう甘いものではなかった。彼らの、静かだが執拗《しつよう》で細かい質問につじつまが合わなくなり、その日のてっぺんを回った頃、すべて本当のことを話してしまったのだった。

何より、雪菜に罪をかぶせることはできなかった。

自分は刑務所に入りたいと常々、雪菜に相談していたこと、いろいろな罪を犯そうとしていたけどかなわなかったこと、そうしたら、雪菜から狂言誘拐を持ちかけられたこと、けれど、彼女は決して悪くないのだということ。

二人の供述やさまざまな状況が一致したのだろう。深夜にスマートフォンを取り上げられて、桐子は家に帰された。たぶん、雪菜も同じことになっていると、刑事たちの言葉の端々《はしばし》に感じた。

それから、数日間、なんどか警察に呼ばれてさらに事情を聞かれ、供述書も書かされた。

正直にすべて話したけれど、とにかく「雪菜には罪がなく、自分のせいなので、彼女のことは許してやってほしい」とそれだけは何度も言った。すると刑事から「向こうも同じことを言ってるよ」とぼそりと言われ、その時だけは泣き出してしまった。

「私は罪になってもいいんです。どうなってもいいんです。そのためにやったことだから」

「だけど、あのお嬢さんはあんたのことをかばっているんだよ。自分があんたをそそのかしたって。あんた、いい歳をしてあんな子を巻き込んで！　その重みを感じたらどうなんだ！」

年配の刑事が声を荒らげたのはその時一度きりだった。

しかし、事件が発覚直後に解決したこと、二人とも初犯で素直に取り調べに応じ、反省している点などを考慮されて、結局、不起訴になった。

事件の後始末が終わると、無味乾燥な日が続いた。

警察からは怒られ、雪菜の両親からは「もう二度と、娘に近づいてくれるな」と伝言された。

当然だと思った。

携帯番号と、ＳＮＳのＩＤをお互いに消すことになった。両親からの強い希望らしかった。桐子は警察に言われたことにはなんでも言いなりに動いたが、手が震えた。

それから、ずっと雪菜とは会っていない。

それがこんなに寂しいことだとは思わなかった。

事件の影響はじわじわと桐子のまわりを蝕んだ。

ニュースにもならなかったし、罪にもならなかったが、仕事場と大家に警察から問い合わせが及んだのだった。

清掃会社からは、退職を早めてほしい、との申し出があった。

「もう明日から来なくていいです」

堺屋貴子に切り口上でそう言われた。

「こちらはお客様の大切な職場に行ってもらう仕事ですから、そういう罪を犯すような人には任せられません！」

「でも……」

それは当然だけれど、自分は不起訴になったのだから、厳密には「罪を犯す」というところまで行っているのかどうか、と思ってついそう口を挟んでしまった。

けれど、彼女には聞こえなかったようで、電話は切れた。完全に収入は途絶えた。

不動産屋の相田からも電話があった。

「もう、びっくりしましたよ、一橋さん」

相田は意外にのんびりした声で言った。

「警察がうちにも来て、一橋さんの人となりと、大家さんと家賃保証会社を教えてくれって言われて。両方に事情を聞いたみたいですよ」

「それは、本当にご迷惑をおかけしまして」

「で、保証会社の方は一橋さんの担当を降りたいと」

「え……」

「すみません。でも、こういうことではしかたないでしょう」

「……私、どうしたらいいでしょう」

「あとは、大家さん次第ですね。保証がなくなった今、大家さんがどうするか」

「あの方はなんと」

「お伝えしましたが、今はちょっと締め切りが忙しいので、少し考えてから連絡する、と言われたっきりです」

大家がフリーライターとかいうことを思い出した。

「ただ、一橋さんも……家を出てほしいと言われるかもしれません。覚悟しておいてください」

仕事も家も失う……桐子はその時、罪を犯すということの本当の意味を知ったような気がした。

それは自分の信用をすべてゼロにすることなのだ。

買い物から自宅に戻ると、若い女が部屋の前に立っていた。胸が痛いほどどっきりとした。大家が訪ねてきたのかと思った。

彼女は桐子から背を向けていて、何か紙袋を持ってたたずんでいる。しばらく見ていたが去る様子もないので思い切って、声をかけた。

「あのお……」

「ああっ！　すみません！　ごめんなさい！」

彼女は文字通り、飛び上がりながら叫んだ。

こちらの方が、人が自分の家の前にいることを怖く思っているのに……あまりにも大きな声を出して驚く彼女がおかしくて思わず、吹き出してしまった。

「どちらさまですか。私の部屋なんですが」

「急に来て、すみません！」

深く頭を下げて謝り、「一橋桐子さんですか？」と言った。

「ええ。私は一橋ですけど」

「私、宮崎明日花《あすか》と言います」

「あ」

宮崎……それはトモの名字だった。トモの親戚だろうか。

「あなたはトモの？」

「そうです」

明日花は桐子の表情を見て、うなずいた。

「宮崎知子は私の義母です」

「義母、というのは……」

「夫が知子さんの息子です」

「ご長男のお嫁さん？」

「いえ、次男の嫁です」

「まあ。よろしければ、おあがりになる？　狭苦しいところですけど」

きれいにしようもない部屋だけど、整頓と掃除だけはしておいてよかったと内心思った。トモの親戚に、ゴミ屋敷のようなところに住んでいると思われたくない。

「こちらにどうぞ」

ちゃぶ台の前に案内した。

「はいっ」

つやつやした頬が赤く光っているような素朴な女性だった。スプリングコートを脱いで、座った。

たぶん、葬式の時に会っているはずだった。けれど、あの時は悲しみに打ちひしがれていたし、黒い服を着た女たちが親族の席にいっぱい座っていたから誰が誰だかわからなかった。

「日本茶でいいかしらねえ」

急いでやかんを火にかけながら尋ねた。

「あ、おかまいなく」

茶を淹れて、自分も向かいに座る。

「皆さん、お元気ですか」

「はい。元気でやっております」

「そう、それはよかった」

言いながら、桐子は少し不安になる。この女性はいったい、なんのためにここに来たのだろう。私が起こした事件については知っているのだろうか。

「あ、あの」

明日花は自分の脇に置いていた紙袋を桐子の方に差し出した。

「これ、義母《はは》の……」

中身は見せてくれずに、話を続けた。

「あ、ええ」

「私たち、あ、私と義姉《あね》……長男の嫁の奈穂美《なほみ》さんと一緒に義母の荷物を片付けているんです」

「あ。そうでしたか」

「ほら、夫たちが、お二人が住んでいた家からいろんなものをいただいてきたでしょう」

あの日のことを思い出す。彼ら二人がやってきて、山賊のように根こそぎ持って行った。

「結局、義兄《あに》の家に全部運ぶことになりました。義兄は実家を受け継いだので、部屋はたくさんあるんですが、男の人たちはもうそれで終わり。見向きもしないんですよ。結局、片付けるのは私たち」

彼女が不満そうに言った。

桐子にとってはトモのものはどれも大切な思い出だったのに。彼女たちにはゴミでしかないのだろう。

「私も義姉さんも働いているから、ずっと手を付けられなかったんですが、義姉さんが妊娠して先月から産休に入ったんですよ」

「あら、それはおめでとうございます」

「いいえ、それで、やっと片付けられるようになって。私も休日にはお邪魔して片付けてたんですけど、それで、それで、義姉さんが『これは桐子さんにお渡しした方がいいんじゃないか』って言い出して」

そこでやっと、紙袋の中身がわかった。

「桐子さんがお義母さんに送ったお手紙です。全部置いてあったので」

「まあ、ありがとう」

桐子が紙袋をのぞくと、自分が書いた手紙が薄紫色のリボンで束ねられていた。薄紫……トモが一番好きな色、そして、リラの花の色。

見なくてもわかった。

ざっくばらんな季節の挨拶の後、何気ない出来事や読んだ本の感想などが続く。時には仕事や介護の悩みを綴《つづ》ったこともあった。

「これは私たちでは捨てられないね、って」

「そうでしたか。わざわざすみません」

「それで、あの……」

明日花がちょっと上目遣いになる。

「義理の姉と一緒に、遺品を一つずつ見てたんですけど、正直、ほら、私たちもわからないじゃないですか。どうしたらいいのか……アクセサリーやバッグくらいならなんとかなりますが、洋服や着物は私たちが着るのにはちょっと……」

「そうねえ、お歳がねえ、違いますものね」

桐子がうなずくと、それぞれ、というふうに、明日花が身を乗り出す。

「義兄や夫は君たちが着たらいいじゃないか、なんて簡単に言いますけどね……そういうものじゃないじゃないですか。じゃあもう、適当に整理して捨てていいよっていうんです。で、私たち話し合って、じゃあ、その前に桐子さんに見ていただいて、欲しいものをもらっていただいたら、ってことになりまして」

「え」

桐子は思わず、両手を口に当てた。

「本当に？」

「ええ。私たちで適当に見繕ってお送りしようかしらって話していたりしたんですけど、それもよくわかりませんし、家に来ていただいて選んでもらったらって」

「いいのかしら？」

あまりにありがたい申し出で、信じられない気がする。

「そう、そういうふうに喜んでもらえる人に渡した方がいいと思うんですよ」

「嬉しいわ……本当に嬉しいです、ありがとう」

桐子は頭を下げた。

「何か一つでも、トモの……ごめんなさい、知子さんのことはトモって呼んでいたから……トモのものを形見にいただけないかって思っていたの、だから本当にありがたいです」

話しているうちに涙が出てきた。指先で拭ってごまかそうとしてもあとからあとからあふれてしまう。

「ごめんなさいね」

断って、タンスの上に置いてあったティッシュの箱を取って涙を拭いて洟《はな》をかんだ。明日花は桐子が落ち着くまで待っていてくれた。

「ただ、できたら、平日に来ていただけるとありがたいんです。義兄たちがいない時に」

「それは別にかまわないけど……」

しめったティッシュを握って、首を傾げてしまう。

「私、何か失礼なことでもしたのかしら」

「いえ、私たちはもちろん、桐子さんになんのこだわりもないんですけど、義兄やうちの夫たちは……」

明日花は少し言葉を選ぶ。

「桐子さんに複雑な思いがあるらしくって」

「そうなの？」

いったい、どういうことだろう。

「そのあたりは義姉に聞いてもらった方がいいかもしれません」

あの日、トモの遺品を取りに来た彼らを思い出した。どこかよそよそしさを感じたのは気のせいではなかったのかもしれない。

「でも、私たちは、義姉さんと私は、桐子さんに本当に感謝しているんです。義父が亡くなってから、義母がどうするのか、同居するのか一人暮らしするのか、施設に入るのか……やっぱりちょっと心配だったんですが」

明日花は現代っ子らしく、なんでも包み隠さず話す性格のようだった。

「お義母さんが、桐子さんと一緒に暮らすってさっさと決められて……ちょっとほっとしたんですよね。お義母さんはいい方でしたが、同居するとなったらやっぱり生活が変わってしまいますし。私と義姉さん、今でもすごく仲がいいんですが、それができるのも、桐子さんのおかげだよね、なんて話してるくらいです」

「そうですか」

複雑な心持ちを隠して、微笑んだ。

最終章　殺人

宮崎明日花とは、宮崎家の実家の最寄り駅で待ち合わせた。

「ここからすぐなんで歩きますね」

杉並区の駅である。

「ええ、もちろん」

二人で季節のことなどを話しながら歩いていると、昔、一度だけトモの家に来たことをじわじわと思い出してきた。

この家が建った時は友人たちと一緒に皆でお祝いに訪問した。同じようにトモが駅まで迎えに来てくれたっけ。さすがにトモは嬉しそうだった。あの後、どんなことが起きるのかも知らず……。

結婚後長い間、郊外の狭い社宅で我慢した後、夫の親の家の近くに新居を建てた。子供たちにも部屋を用意できたと言っていた。もちろん、そこにトモの部屋はなかった。当時、夫の書斎や子供部屋は作っても、主婦の部屋がないのは当たり前だった。

そんなことを考えているうちに、あっという間に着いてしまった。思い出に浸っている桐子に、明日花は声をかけてはこなかった。

「さあ、こちらです」

明日花が手招いてくれたのは、コンクリート塀で囲まれた日本家屋だった。慣れたように、鉄製の門を開けて中に入った。義理の姉と仲がいいというのは本当なのだろう。

「ここは変わりないわねえ」

胸がいっぱいになって思わずつぶやいた。

家の造りだけでなく、庭木の様子や壁の色もそのままだ。なんだか、中からトモが「いらっしゃい」と出てきそうな気がする。

「いらっしゃいませ」

しかし、それを言ってくれたのは、おとなしそうな若い女だった。

明日花の義姉、トモの長男の嫁である、宮崎奈穂美だった。

「今日はお招きありがとうございます」

感謝の気持ちを込めて、桐子は深くお辞儀をした。

「いえいえ、こちらこそ、わざわざお越しいただいて」

奈穂美は紺のワンピースを着ていた。マタニティ用なのかもしれないが、まだお腹はそうふくらんでいない。

「このたびは、妊娠おめでとうございます」

「ありがとうございます」

居間に通されると腰を下ろす前に、「一橋さん、お義母さんにお線香をよかったら、あげていただけませんか？」と言われた。

「そうさせていただけますか」

居間の隣の部屋に仏壇が置かれていて、トモと、たぶん、その夫の位牌《いはい》が並んでいた。

若いのによく気づくお嫁さんだ、と桐子は感心しつつ、実は、自分の中に今ひとつ「トモがここにいる」という気がしていないのだった。もちろん、それはおくびにも出さず、線香に火を灯して手を合わせた。

トモ、ここに来ましたよ、あなたのお嫁さんにお誘い受けてきたんですよ。

心の中で問いかけてみるが、やっぱり、歌の歌詞ではないが、トモがここにいるような気がしなかった。

――本当にここにいるとしたら、あの旦那さんと一緒に死んだ後もいるということだものね。それじゃトモがあまりにもかわいそうだ。

そう考えたら、目頭に涙がにじんだが、さりげなく隠して立ち上がった。

「ありがとうございます」

「では、こちらに」

用意してもらったお茶を飲みながら、しばらく話をした。

明日花が言った通り、二人で話し合って「一橋さんに見てもらおう」という話になった、というようなことをもう一度説明された。

それが終わると、「それじゃあ」と言って、明日花は帰って行った。その日は午後から会社に行くと言う。

「私のために半休取っていただいたんですか」

「いえいえ、ちょうど、有休が余っていたので」

桐子はトモに心の中で話した。

――旦那さんはともかく、トモはいい家族にめぐまれたね。生きていたら、もっと楽しいことが待っていたのかもしれないのに。それに、こんなにいいお嫁さんたちではなく、私と暮らしてくれたんだね。ありがとう。

トモに心の中で語りかけるのは久しぶりだった。

明日花がいなくなると、奈穂美が二階の部屋に案内してくれた。

四畳半ほどの一室に段ボール箱が五つと紙袋が三つ。きっと、トモの荷物がなくなった後は、子供部屋にするのだろう。

「こちらがお義母さんの荷物です。どうぞ、ご自由に開けて、好きなものを持っていってくださいい。あ、量が多ければ、宅配便で送ってもいいですよ」

「何から、何までありがとうございます」

「私は、またお茶を淹れてきますね、ごゆっくり」

奈穂美が去ると、桐子は一番手前の段ボール箱を開けた。ふわりと、トモの匂いがしたような気がした。それはトモの衣装がぎっしり入っていた。

「ああ」

シルクのスーツ。桐子とトモがホテルのデザートビュッフェに行く時に着ていた服だった。思わず、それを握りしめたまま、動けなくなってしまった。あまりにも多くの思い出が身体からこみ上げてきた。その思いは位牌を見た時よりも、ずっと強く深いものだった。

「一橋さん」

上がってきた奈穂美が後ろから呼びかけてくれて、やっと我に返る。

「あ、ごめんなさい」

桐子は頰がぬれているのを慌てて、手の甲で拭った。

「いいえ」

奈穂美は床にしゃがんで、盆を脇に置いた。

「一橋さんは本当にお義母さんと仲が良かったんですね」

桐子は奈穂美の前に正座した。

「ええ」

バッグの中からハンカチを出して、顔を拭った。泣いているのを知られても、もう、しかたないと思った。

「ごめんなさいね、取り乱して……」

「いいえ、いいんです」

桐子が新しく淹れ直してくれた茶を飲んでいると、奈穂美が言った。

「私たち……」

「はい？」

「夫がいない時間に来てもらうなんて、なんだか、失礼でしたよね」

「いいえ、とんでもない」

仕事もなくしてしまったし、桐子には時間はいくらでもある。

「本当にありがたい、感謝しています」

トモの服に、もう一度会えるとは思わなかった。

「実は、夫たちは桐子さんに複雑な感情を持っていて」

「……はい」

「ご存じでしょう？　お義父《とう》さんのこと」

桐子は黙ってうなずいた。

「夫から何度も聞きました。これまでのこと。夫は長男だったから、特に強く怒られたり、ひどいこともあったみたいです。その一方で、義母を置いて家を出てしまったことに罪悪感も強くあって」

トモは「息子たちは弱い母を怒っている」と言っていたけど、ここでそれを言う必要はないと思った。

「それで、義父が死んでやっと親孝行できると思っていたら、一橋さんと住むことになって、夫は罪悪感と、義母が自分に腹を立てているんじゃないかっていう疑心暗鬼で、ずっと自分を責めていました」

「トモはそんな人じゃないわ。決して息子さんたちに腹を立てたりしてはいなかったわよ」

「ええ、それは義母からも聞いてはいたんですが、夫はなかなか納得できなくて……それからお葬式で」

「お葬式？」

「夫たちももちろん悲しかったんですけど、やはり男ですし、看病が終わって呆《ほう》けているような感じで、あまり涙も出なかったんです。今言ったような複雑な気持ちもありましたし。だけど、一橋さんが手放しで泣いていらっしゃって……どこか素直に泣けない自分を夫は責めていました」

「そんなことはない。本当にそんなことを気にする必要はない」

桐子は強く言った。

「私たちが一緒に住んだのは、ただただ、私たちの勝手な、身勝手なわがままなの。いえ、私のせいかもしれない。私が独りぼっちになるのを心配して住んでくれたのかも。だから、絶対に、息子さんたちのせいじゃない」

奈穂美はうなずいた。

「ありがとうございます」

「それを上手に……奈穂美さんから旦那さんに伝えてあげて。もちろん、私からとは言わなくていいから」

「はい」

奈穂美は自分の膝に手を置いて、それをさするように動かしていた。何かを迷っているようだった。

「……私、お義母さんのことで誰にも言ってないことがあるんです」

「何？」

「夫にもたぶん、一生誰にも言えません。一橋さんにも言わないでおこうと思っていたんだけど」

彼女は床に置いてある、トモのスーツを指先でそっと触った。

「今、言わなかったら、きっと話さないで終わってしまう。そして、それを心の中に抱えたままにするのはちょっとつらいのです」

「いったい、何？」

桐子は胸がどきどきしてきた。

奈穂美はため息をついた。

「今も本当に迷っていて……でも、話さないのも苦しすぎる」

「……私なんかでいいなら、話して。もう、先も長くないんだし」

少し怖かったが、トモのことならすべて知っておきたいと思った。

「じゃあ」

奈穂美はもう一度、しばらく黙った後、口を開いた。

「お義母さんが言ったんです」

「ええ」

「『私がお義父さんを殺したんだ』と」

あまりのことに、桐子は本当に胸が苦しくなった。

「トモが？　旦那さんを？」

そんなことあるだろうか。トモが夫に苦しんでいることはわかっていたけど、そこまでのことをするだろうか。

「ええ」

「それは、いつ？」

「お義母さんがここを出る前です」

奈穂美はため息をついた。

「私たち、お義母さんが一橋さんのところに行く引っ越しの前日にここで一緒にご飯を食べて泊まったんです。お義母さんは明るく振る舞っていて、『私が出たら、好きな時にここを使っていいのよ。増築するもよし、建て替えるもよし』って言ってました。夫は義母の決断についてなかなか納得できませんでした。でも、はっきりと、一橋さんと一緒に住むなとも言えなくて……なんとなく重苦しい空気でした」

「そうだったんですね。知りませんでした」

　桐子はため息をついた。

「夫がお風呂に入っている時にお義母さんは私に『ごめんなさいね』って謝って……そして、教えてくれたんです。本当のことを」

「本当のこと？　つまり、殺人についてということ？」

「……なんて言ったらいいのかわかりません、私には。だけど、義母は、私は殺人を犯したのよ、って言いました……私はね、お義父さんの朝食に毎日、毎日、卵を三個焼いた。たっぷりバターを使ったオムレツ、それにベーコンを三枚カリカリに焼いてそえた。パンは厚切りを二枚、それにもたっぷりバターをつけて。コーヒーは濃いめのにクリームと砂糖をどっさり入れた、って」

　急に朝食の話が始まって、桐子は首を傾げた。

「お昼は会社で食べるし、夜の飲み会も多かった。けれど、家で食べる時には、私は夫の好物ばかり用意した。甘い甘い肉じゃがや生姜焼き、時にはステーキ、夫が望めばいつも霜降り肉を買ってきてすき焼きも何度もした。それに白いご飯を山盛り二杯、味噌汁は塩辛く、ビールでもワインでも、夫が望むアルコールを飲ませた。夫は洋食が好きだったから、ハンバーグやとんかつも多かった。マヨネーズをいっぱい入れたポテトサラダを付け合わせにしていつもたっぷり。野菜は彼も嫌っていたし、ほとんど付けなかった。そして、味付けを少しずつ少しずつ濃くして、気がついた時に彼はかなりしょっぱいものを好むようになった。そういう食事を自分や息子とは別に毎日作った」

それはどれだけの労力だったろう。

「六十を過ぎた頃、病院で高血圧と糖尿病の初期だと言われ、甘いものや辛いものを制限するように忠告された。だから私はまったく塩を使わない料理を作って出した。でも、醤油やソースは自由に使えるように、テーブルの上に出しておいた。するとあの人は、『こんなまずいもの食えるか』と言って、自分で醤油をびしゃびしゃになるまでかけて食べていた。私は止めなかった」

桐子にも少しずつ、彼女の話の意味がわかってきた。

それは当初、「殺人」と聞いた時にとっさに思い浮かんだのとはまったく違うことだった。桐子は看病や介護の中で、または最期の看取りの時に犯されたことなのかと思っていた。

まったく違う。トモの殺人は……毎日少しずつ、塩や砂糖、脂ものに夫をまみれさせたことだ。

「他の人や医師には『私がいくら無塩のものを作ってもお父さんが辛いものが好きだからしかたない』と言い訳したと言っていました。選択したのはあの人なんだ、と」

「……それは殺人と呼べるのかしら」

「わかりません」

奈穂美は首を振った。

「ただ、お義母さんは、『私はそんな人間なんだから、あの子が罪悪感を持つ必要なんてないのよ。実の父親を殺した女なのよ。そうあなたから言ってあげてちょうだい』って」

「あなた、それ、旦那さんに話したの!?」

桐子は慌てて尋ねた。

「いえ、先ほども言ったように、話してません。なんと言っていいかわからなくて……でも、夫にとって親はお義母さん一人だと思います。義父のことは親とも思っていないと何度も言っていました。だから言えないんです。彼がこれをどう取るのか、私もわかりません。このことを話して、たった一人の親まで失わせたくないんです」

桐子は一度下げた顔を上げることができなかった。

宮崎家からの帰路、桐子はぼんやりと奈穂美と話したことを考えながら、電車に揺られた。

　トモが犯した殺人。

　果たして、それは殺人と言えるのだろうか。

　夫への食事をおいしく、贅沢に作ること。それが殺人だと？

「あのね」

　桐子は奈穂美に確認せずにはいられなかった。

「トモは、あの……冗談ぽい口調だったりしたんじゃない？　そんな深刻でなく」

「どうでしょう？」

　奈穂美は小首を傾げた。

「この話があまりにも強烈すぎて、あまり覚えてはいないのですが、冗談とか真剣とかではなく、淡々とした感じでした。思い詰めたふうではないけど、笑いながら話したりはしていない、そんな感じ」

　たんたん。

　それは、奈穂美が感じたものだから、本当のところどうだったのか、わからない。もしかしたら、たんたんと語って、最後に「冗談よ」と言うつもりだったのかもしれない。でも、途中で長男が風呂から出てきて話が途切れてしまったのかもしれない。

でも、本気だとしたら？

その殺人が穏やかで、確実性のないものだったとしても、逆に言えばそれだけ長い間、殺意を抱いて相手と対峙していたということだ。そちらの方が、逆上して刺したりする殺人より、もしかしたらずっと怖く、ずっと殺意の強いものかもしれない。メニューを二種類作り続けていたなんて。

これは究極の計画殺人だ。何十年もかけた。

桐子は自分が持っている紙袋を見た。

最後に、奈穂美は「なんでも好きなものを持っていってください」と言った。

だけど、桐子は手を出せなかった。

彼女の話を聞いて、我に返った。自分だってできたら、刑務所に入るつもりなのだ。それなのに、トモのものをもらっていいのだろうか。

品物を選びかねている桐子を見て、奈穂美は何度も勧めてくれた。

「本当に遠慮なくお持ちになってください。私たちでは宝の持ち腐れですから」

そして、部屋を一度出ると、宝石箱を持ってきた。

「これもお義母さんのものです。明日花さんと私はもう選びましたから、一橋さんもぜひ。きっとお義母さんも喜びますから」

蓋に薔薇の花の彫刻がある木箱を開けると、懐かしい品々が出てきた。彼女は中から、真珠がいくつか付いているブローチや珊瑚《さんご》の帯留め、一粒真珠のネックレスを出して「どうぞ」と桐子に言った。

「そんな高価なものはとても。奈穂美さんたちがなさったらいかが？」

「私たちは、真珠の一連のネックレスを一つずついただいたんですよ。だから、もう形見は十分です」

確かに、真珠は流行がないし、冠婚葬祭に使える。形見としては申し分ないだろう。

「でも……」

「ブローチなんかは私たちはしませんから」

「じゃあ」

トモが時々しているのを見た、シルバーの花の中に真珠が付いているものを選んだ。

「洋服もどうぞ。お荷物になるかもしれませんし、あんな話の後じゃ、もらう気にならないかもしれませんが」

そう言われて、あっと声が出そうになった。あまり遠慮していると、彼女はトモが「殺人」を犯したから、桐子が嫌がっていると思われそうだ。桐子が刑務所に入ろうと思っているとは夢にも考えないだろうから。

「いいえ、そんなことないのよ」

それで、桐子はシルクのスーツを選んだ。話の通り、桐子が選ばなければ、きっとゴミになってしまうだろうと思って。

駅について、切符で改札口を出た。

きんこん、という音とともに切符が吸い込まれると、ふっとため息が出てしまう。昨日、家賃を払ったばかりだった。数日前に最後のパート代金が振り込まれた。来月の年金支給日まで収入はない。片道、約六百円、往復で千円を超えてしまう運賃はかなりの痛手だった。

駅前のスーパーに立ち寄って、一周回り、もやしだけ買って帰ってきた。

帰宅して、トモのスーツを丁寧に衣紋《えもん》掛《か》けにつるし、手洗いをしてから料理をする。冷蔵庫に大根の切れっ端が残っていたのでそれを刻んで味噌汁の具にし、買ってきたもやしを炒めた。卵も先週買って毎日一つずつ食べていたものがまだ四つ残っている。もやしに投じて「もやし玉子炒め」にした。朝炊いたご飯と一緒に夕食にした。

――先月買った米がまだあるからいいけど、これがなくなったらどうしよう。

仕事を探さなくてはいけない、と思いながら、あんなことをし、七十七になる老人を雇ってくれるところはあるとは思えなかった。

そして、トモの犯罪……。

――トモ、そんなに思い詰めていたの？　何年も何年も。私に話してくれたらよかったのに。そしたら、何か助けてあげられたかもしれないのに。

涙がこみ上げてくる。一方で、彼女が一緒に暮らしていたときに何度も何度も「今はとても幸せ」と言ってくれたことが胸に刺さる。さらに涙があふれた。

――私も幸せだったよ、トモ。

後片付けをしながら、大根の根っこの部分を捨ててしまおうか、それとも残しておこうか迷う。こんなわずかなものなら、ぬか床に入れてぬか漬けにすればちょうどいいのだけど、と思ってはっと思い出した。

ぬか床！　あれはどうしただろう。

確か、雪菜が欲しいと言って、ぬか床をポリ袋に何重にも包んでアパートの裏に置いた。

「いやだ、忘れていた」

あれから二週間以上経っている。あんなことがあった後に雪菜が持って帰ったとも思えない。春の天候ではもうすっかり悪くなっているだろう。持って帰って処分しなければ迷惑になってしまう。

桐子は防災用品を入れたリュックの中から懐中電灯を取り出し、そっと家を出た。

アパートの裏に回って明かりを照らした。裏は隣の別のアパートと塀で区切られて、一メートルほどの通路となっていた。

「確か、このあたりだと思ったけど」

独り言を言いながら探すと、確かに、ポリ袋で包んだぬか床を入れたポリ容器が転がっていた。

――雪菜ちゃん、忘れてしまったんだね。いや、あれから取りに来ることなんてできなかったか……。

やれやれ、このまま捨てるしかない、燃えるゴミに入れてしまっていいものか……と思いながら桐子は腰を屈めて袋を手に取った。

「よいしょ」

カサッという乾いた音とともに勢いよく持ち上げた時、はっとした。

軽い。

ぬか床というのは小さくても結構、重いものだ。それがまるで何も入っていないかのように軽く、桐子は勢い余って後ろに倒れそうになるくらいだった。

慌てて、袋を開けてみる。ポリ容器はそのままだったが、中身のぬかが入っていない。

しかし、何か他のものが入っていた。またそれを開くと、四つに折った紙が入っていた。

震える手で開いた。

桐ちゃん、新しい電話番号です。連絡して。雪菜

走り書きの文字だった。

月が替わっても、桐子は何も動き出せずにいた。仕事を探さなくては、と思うものの、身体が動かない。

雪菜にも連絡していなかった。その勇気が出なかった。

新しい電話番号ということは、彼女の両親は新しいスマホを彼女に買い与え、これまでの交友関係を一新させたのだろう。桐子との連絡先を消すだけでは満足せず、買い換えさせたのだ。彼らの強い意志が感じられた。番号しかないというのも、ＳＮＳを使わせないようにしているからかもしれない。

雪菜は電話番号をここまで持ってきてくれた。それだけで十分だった。だからこそ、親との関係をこれ以上壊したくない。

そんな時、秋葉から電話がかかってきた。

「桐子さん？　元気？」

　くったくない声に救われる思いがする。

「ええ、久しぶりね」

　幸い、彼は桐子の最近の所業を知らないらしい。

「戸村さんはお元気？」

「俺らは相変わらず、毎日パチンコ店で会ってるよ」

　秋葉はへへへへ、と笑った。

「実はさ、ちょっと頼みがあってね」

　彼からの頼みには注意しなければならない、というアンテナが働くのだが、今のような状況だと、もうどうでもいいという気がする。むしろ、誰か人と関わりたいくらいだ。

「ほら、俺らがいつもお世話になっている兄貴がいるじゃない？」

「ええ、闇金やってる？」

「そう。あの兄貴が桐子さんに会ってみたい、って言い出したんだよね」

「へ？　私と？」

　元はかなりやばい筋の仕事をしていて、今は闇金に「落ち着いた」という男が桐子になんの用なのだろう。

「前から桐子さんのことには興味を持っていたみたいなんだけど、昨日、急に連絡が来てさ」

「……私なんかと会っても、何も出ないわよ。どんな用事か聞いてみた？」

「いや、特に深い意味はなく、ちょっと会ってみたいってそれだけなんだ。それも二人で会いたいんだと」

「そう」

そして、前に、小池ゆかりのサロンを開いた喫茶店で会えないか、と具体的な場所まで提案された。

「……じゃあ、行くわ」

公の場所で会うなら、命までは取られまい。今の桐子にはなんの予定もないのだし。

「じゃあ、明日の午後にしようか」

あっさりと時間も決まって、翌日、会うことになった。


約束の十分前の時間に喫茶店に着くと、桐子は奥の席に案内された。

まだ「兄貴」は来ていないようだ。少しほっとして、店内を見回した。

平日の午後二時前の店内はまばらだった。窓際の席に、同じくらいの年代の女性二人が座り、ケーキセットを前に熱心に話し込んでいる。隣の三人組のスーツ姿の男性は商談か何かなのだろうか。

——皆、いきいきとして楽しそうね。

こうして、元ヤクザかなにかの人物を待っている自分とは大違いだと思った。

二時きっかりに喫茶店のドアが開いて、「彼」が入ってきた。容姿も年齢もさだかには聞いていなかったが、すぐに「彼」だとピンときた。

通称「兄貴」と呼ばれている男は長方形の岩のような体型だった。身長は百七十五センチほどで、肩幅があってがっしりしている。身体全体に厚みがあった。年齢は八十くらいか。その「岩」が杖をついてゆっくりとこちらに歩いてきた。

「一橋桐子さん？」

「はい」

思ったより、柔らかい声だった。

「出ましょうか」

まだ何も頼んでいないのに、彼はそう言ってくるりときびすを返して歩き出した。有無を言わせない態度だった。

しばらくぽかんと彼の後ろ姿を見ていたが、慌てて後を追う。

レジのところにいた女性店員にも、彼は軽く手を上げただけだった。彼女はまるで店中のメニューを全部頼んだ客でも送り出すかのように、うやうやしく頭を下げた。

「あの、どちらに行くんですか」

桐子は店を出たところで、彼に追いついて尋ねた。

「あそこは知っている人が多いんでね」

彼は桐子を振り返って、ちらっと歯を見せて笑った。

年齢にしてはきれいな歯をしている。それに、笑顔が思いがけずかわいい。桐子も思わず、微笑んでしまった。

「近所に公園があるので行きましょう」

彼はそれから一言ものを言わず、歩き続けた。

彼の言う公園は、近所の児童公園だった。滑り台と砂場、二つのブランコがあり、ベンチがいくつかあって杉や桜の木で囲まれている。

彼は遊具から少し離れたベンチに座り、自分の隣を杖で指した。桐子もその隣に座れと言うことだろう。

彼は目の前で遊ぶ子供たちを見ていた。数人の子供が走り回り、母親たちがそれを見守っていた。滑り台を滑っていた子供の一人が砂場に入って砂をつかんだところで、母親の一人が「砂に触っちゃだめ！　汚いでしょ」と叫んだ。

今時は砂場で遊ぶのもいけないのね、と桐子は思いながら見ていた。

「あなた、捕まりたいんですって？」

唐突に彼が尋ねた。

「どうしてご存じなんですか」

確か、そのことは秋葉たちには話していなかったはずだ。

「私のようなことをしていると、いろんな情報が入ってくるんですよ。警察にも知り合いがたくさんいますしね」

「はあ」

「そういう変な人間がいるってことは時々耳に入ってきます」

「そうだったんですか」

「まあ、捕まりたいような人間ていうのは結構いるんです。たいていはもうボロボロの人間ですよ。若い頃から犯罪をくり返して、外じゃどうやって生きていけばいいのかわからない男とか。廃人寸前で警察だって捕まえたくないような人間とかね。だけど、あなたみたいな、一見ちゃんとした女性というのは少ないからね。使い道があるんじゃないかって教えてくれたんです」

「……使い道」

「そういうことなら、私に相談してくれたらいいのに」

兄貴は桐子の方を見た。顔も岩みたいにごつごつしてその隙間に小さな目が光っている。

「何かご存じなんですか」

「いくらでもありますよ。例えば、運び屋とかね。海外に行ってもらって、やばいものをこっちから持っていったり、持ってきてもらったりするんです。お金になる、捕まれば大罪です。でも、あんたみたいな品のある老女なら税関はほとんどフリーパスだ。ただ、日本で捕まればいいんだが、あっちで捕まると、クスリは東南アジアなんかじゃ即死刑か現地の刑務所で終身刑だからね。あんたには耐えられんでしょう」

気がつくと、あなたがあんたになっている。けれど、優しい口調だから不快感はない。

「そういう仕事があるんですね」

「小口の売人なんかもいけるか。あんたはたぶんどこにいても疑われないでしょうから」

「……では、何か仕事をご紹介してくださるのですか」

彼はじっと桐子の顔を見た。しかし、目が小さいので表情が読み取れない。

「頼みたいことがあるんです」

しばらくして、彼が言った。

「ただ、そう誰にでも頼めることでもないし、きちんと最後までやり遂げてもらいたいのです」

「どういう仕事でしょう」

「その気はありますか？　やり遂げる自信は？　そう簡単に誰にでも話せることじゃない」

　桐子は一瞬迷ったが、言ってしまった。

「仕事がないんです」

「無職ですか」

「誘拐未遂をしてから、辞めさせられてしまって」

「そうでしょうね」

「だから、なんでもやってみたいと思っています」

　ちらりとトモのことを考える。毎日、味の濃い料理を作って、夫の死を願っていたトモ。それに比べたらなんでもできそうな気がした。

「仕事が欲しいだけなら紹介することは簡単ですよ。清掃の仕事もいくつか当てはある。私が関係している職場に紹介もできるし、前に行ってたようなパチンコ屋だって、私が頼めばきっと雇ってくれますよ」

「……そうですか」

「本当のところ、あんたはどちらを望んでいるんですか。仕事か刑務所か」

桐子は自分の心の中をのぞくようにして考えてみた。確かに、本当はどちらなのだろう。自分の望みは。

「ちょっと……疲れてしまって」

絞り出てきた言葉はそんなものだった。

「それは、肉体的にですか？　精神的にですか」

「両方です。しみじみ疲れたなって自分でも思うんです。仕事をする肉体的な疲れもありますけど、毎日、あれこれ将来を考えたり、自分がすべきことを考えたりするのに疲れてしまった。生きていくことに疲れてしまった。友達もいなくなってしまったし、刑務所に入ったら楽だろうなって思うんです。いろんなこと……すべきことを誰かに決めてもらえそうでしょ」

「でしょうね」

兄貴はうなずいた。

「確かに……疲れましたねえ」

彼の方もため息まじりに言った。

「あなたもですか」

「うん。なかなかうまく死ねなくてね」

「そうですね」

「実は、肺がんになったんです。肺がんの末期です」

「え」

桐子は兄貴の方を見た。彼は小さくうなずいた。

「じゃあ、死ねるじゃないですか」

「まあね。だけど、とても苦しむらしい。ネットで調べたんです」

「検索したんですか」

「それを見たら本当に怖くなってしまって」

兄貴は笑った。

「さんざん、いろんなことをしてきたのにね。死にそうな目にも何度かあいましたし、死ぬのなんか怖くないって思ってたんです。だけど、苦しみながら死ぬのは嫌だ。それがわかっていて、座して死を待つのは嫌なんです。あの世には苦しみながら死んでもらった人間がたくさんいる。そういう人を喜ばせたくもないしね」

「まあ、お気の毒に」

桐子は心から言った。この歳になって、誰かに迷惑をかけることの次につらいことかもしれない。苦しみながら死ぬこと、それを知っていて待つこと。

「自殺したらまわりに知られるでしょう。あいつはがんが怖くて死んだ、あんなに活のいいことを言ってたやつが病気が怖くて死んだとも思われたくない」

「なるほど」

「だから、誰かに殺してほしいと思ってね」

やっと話が見えてきた。

「もしかして、それを私に？」

「桐子さんは話が早いな」

兄貴もこちらを見た。やっと目が合った気がした。その小さな目はおびえていた。

「私があなたにお金を貸します。それで一ヶ月くらいして、私がそれを取り立てに行ったところで殺される。それならあまり違和感がない。あなたがお金がないのは皆知ってるし、刑務所に入るくらいなんでもないと思っていることも知られている」

なるほど、よく考えてあるわ、と思ったけれど、「なるほど」とは簡単に言えなかった。

兄貴が急に桐子の手を取った。驚いて飛び退《の》いたけど、しっかり捕まれてしまった。

「ここを刺してくれればいい」

彼は桐子の手を心臓のあたりに押し当てた。

「ここです、ここ。ここを包丁で一突きにしてくれればいいんだ」

言っているうちに興奮したのか、彼は桐子の手を自分の胸にぶつける。

「ここなんだ、ここ」

「やめてください、やめて」

桐子は必死に自分の手を引き寄せようとしたが、老人でも男の力は強かった。なかなか彼の手から逃れることができず、彼の興奮が収まるまでされるがままになっているしかなかった。


帰宅した桐子は雪菜に教えてもらった「検索」を使って、ネットで調べてみた。

殺人、刑期、そう入れただけで、初犯だとか、平均、だとかいう言葉が一緒に出てくる。どれも興味深いが、桐子は「殺人、刑期、平均」で調べてみた。

殺人の場合、刑は死刑、無期刑、有期刑の三つらしい。死刑、という言葉はさすがに胸に堪える。

――死刑ということもあるのか。

それはそうだろう、殺人なのだから。

しかし、最低では五年ともある。

――あらま、結構、軽いのね。

しかし、よく読んでいくと、初犯の殺人は軽くなるらしいが、それでもだいたい十年以上になることが多いそうだ。

十年……。

桐子はじっと考える。十年経ったら、八十六か七にはなる。もう死んでいるかもしれない。

――確かに、殺人は一番、刑が重いんだわ。当たり前だけれども。

老女が借金苦で闇金の社長を殺害。こう言ってはなんだが、ありそうな話だと思った。年齢のために多少はセンセーショナルに報道され、新聞で見かけたら「へえ」と思って読むが、二、三日したら忘れてしまいそうな事件。

兄貴からは「これは人助けなんだ」と言われた。ただ、自分を殺して、警察にはお金を返せなくて殺したと言い張ればいい、と言った。

そんな簡単にいくだろうか。警察の取り調べがきついのは、雪菜の誘拐の時にわかっている。

だからこそ、本気で気持ちを決めなければ、やり遂げられないかもしれない。

彼は桐子がその気になったら連絡してくれ、と言って、携帯の電話番号を教えてくれた。そして、桐子の銀行の口座番号も聞いていった。連絡すれば、すぐにお金を振り込むと言って。

「すぐにでも百万でも二百万でも振り込む。もちろん、返してくれなくていい」

「あなたが私にそんなお金を貸してくれる理由を聞かれるかもしれません」

「なるほどな。じゃあ、五万か十万くらいの方がいいか。そのぐらいで殺されるというのが、リアルかもしれないな」

確かに、時々、「たったこれだけのお金のために殺されたのか」と思うような事件がある。

自分もそういう事件の当事者になるのだろうか。

ふと、トモの殺人との差を考えた。

——トモとはまったく違う。これは本当の殺人だもの。

だけど、トモの殺人の気持ちはずっと強いものだった。であれば、人というのは、自分を守るために、時には人を殺すほどの気持ちを持っていなければならないのかもしれない。

自分が殺人者になる覚悟もなく、数日が過ぎた。

夕方、一人でご飯を食べていると、知らない番号から電話がかかってきた。

少し迷ったが、通話のボタンを押す。

「もしもし？」

「すみません、夜分、失礼します。僕、久遠と申しますが、一橋桐子さんのお電話でしょうか」

「久遠さん!?」

まったく思いも寄らない相手に、びっくりする。

「はい。一橋さん、お元気ですか」

「まあ、驚いた。ええ、いろいろあったけど、身体は元気ですよ。久遠さんはお元気？」

「はい、なんとかやっています」

「そう、よかった」

懐かしさと、いったい、何があったんだろう、というかすかな不審が入り交じる。しかし、今は喜びの方が大きかった。

「……一橋さん、うちのビルに来なくなっちゃったでしょう」

「ああ、そうなの。定年、ていうのかしら。会社が買収されて……私もいろいろあってね」

「急に辞めちゃってびっくりしました。先月、会社が買収されたのは知っていたんですが、名前が代わるだけで大きな変化はないって聞いていたんです。それが一橋さんのあと、『クリーンレディ』とかいう若い女性がミニスカートの制服で来るようになったんですよ」

「え？　クリーンレディ？」

「そうなんです。華やかなブルーと白の衣装にベレー帽をかぶっているんです。で、なんかお願いすると『はい、喜んで！』って居酒屋みたいな返事するし。その割に仕事は遅くて、徹底されてないし」

「あらまあ」

桐子は久しぶりに声を出して笑ってしまった。

クリーンレディという名前にして、制服をミニスカートにするなら、確かに、桐子のような老人は残しておけなかったに違いない。

「それで、桐子さん、どうしたんだろうと思って会社に聞いたんです。そしたら、定年と……何かあって辞めたと、それ以上のことは個人情報だとそればっかりで」

「ええ、そうなのよ」

さすがにあの会社も、桐子のことは彼に明かさなかったのか。少しほっとした。しかし、会社も犯罪者になりかけるような人物を雇っていたと知られては問題になると思って言わなかっただけかもしれない。

「連絡先も教えてくれなかったのを、どうしても連絡しなければならないことがあるんだってごり押しして電話番号だけ教えてもらいました。すみません。迷惑でしたか」

「いえ……ありがとう。電話もらって嬉しかった」

「僕としては、一橋さんが僕に挨拶もなく辞めるとは思えなくて。それで、電話させてもらったんです」

「そうなの。本当にありがとう」

「一つだけ聞いていいですか」

「ええ」

「一橋さん、定年で辞めたということですが、もう働く気はないんですか」

「いいえ、そんなことないの。実は、急に定年だから辞めてくれと言われて、私の方も驚いちゃったんだけど、どうしようもなかったのよ」

「やっぱり、そうですか。一橋さんはまだ元気だし、どうしておられるかな、と思って」

「何度も言うけど、本当にありがとう。久遠さんが気にかけてくれたと思うだけで嬉しいわ」

「あの……」

久遠が一瞬、戸惑った後言った。

「ちょっとお話ししたいことがあるんです。僕、今、会社が終わるところなんですけど、よかったら、一橋さんの家の近くまで行きますから、駅前の喫茶店かどこかでちょっとお話しできないでしょうか。お忙しかったり、もうお疲れでしたら明日以降でいいですから」

桐子に「忙しい」ことなんてあるわけがない。

駅前のチェーン系カフェを教えて、そこで待ち合わせすることにした。

「お久しぶりです」

桐子が身支度をして駅前まで歩いていくのと、久遠が池袋のビルからやって来るのはほぼ同じ時間だった。久遠の方が先に着いていて、待っていてくれた。

桐子がレジにコーヒーを買いに行こうとすると「あ、僕が買ってきますよ、アイスとホット、どちらがいいですか」と身軽に買ってきてくれた。桐子が財布を出してお金を払うとしても「自分が誘ったのだから」と受け取らなかった。

わずかなことだけれど、小銭を数えるようにして使っている桐子にはありがたい。

「本当に、久しぶりね」

桐子はコーヒーを飲みながら、言った。

そのまましんみりした話になりそうなところだったが、久遠は新しいクリーンレディたちの話をおもしろおかしく語ってくれて、桐子を笑わせてくれた。

「目の前をこんな短いスカートで立ったりしゃがんだりするんです。こっちも目のやり場に困るし、喫煙室で二人きりでいたりすると変な雰囲気になっちゃって。中には飲みに誘った社員もいるらしくて」

「あらまあ」

「でも、そんなことより困るのが、掃除なんです」

「お掃除？」

「一橋さんみたいに、きっちりできてないことがあって、ちょっと……」

久遠は言いよどんだ後、言った。

「ぶしつけなことを聞きますが、桐子さんは前の会社でお給料をおいくらいただいていたんですか。失礼ですみません」

「お給料？　別にかまわないわよ。時給で九百五十円だったと思うけど」

久遠は急に厳しい顔になった。少し考えて、ため息をつく。

「僕が払っているのは、その三倍だ」

「え」

「今は一括して、あのビルの清掃を頼んでいるんで、単純に計算できないけど。やっぱり、そういうことなのか」

「え、ちょっと待って、どういうこと？」

「何がですか？」

「……あなたが払っている？　頼んでる？　あなた、会社のどういう部門で働いてらっしゃるの？」

「ああ、言ってなかったでしたっけ」

「はい」

「僕、あの会社を経営しているんです。それから、あのビルも。清掃会社は部下が探してきた中から選んだんで、厳密には僕だけが選んだとは言えないかもしれませんが……」

「経営？　会社の？」

「はい」

「あなた、そんな偉い人だったの？」

久遠はうなずいた。

「僕、学生時代に始めた会社を二十代の終わりに売って、ちょっとお金ができたんです。

それでまた新しい会社を作ったんですが、その時、あのぼろビルを買って直したんです。自分にとって心地よい環境で働きたくて」

「じゃあ、あのビルもあなたのものなの？」

「そうです。さすがにあれを即金で全部買えるほどのお金はなかったので、他の階は別の会社に貸して、その家賃でローンを払ってます」

「まあ、驚いた」

桐子は目の前の若い男をしみじみと見る。まだ二十代半ばに見える顔立ち、いつも残業ばかりしていて、すっかりブラック企業の悩める青年かと思っていた。

「いつも最後まで働いていたのに。机だって普通の人と同じところにあったでしょ」

「働くの好きだし、人に任せられないたちなんで。自分たちの業界では個室にいるような社長の方がめずらしいかもしれません。今はそういうのが主流なんですよ」

「ふーん。あなたのような社長さんもいるのねえ」

久遠は笑って、少し桐子の方に身を乗り出した。

「もう一つ聞いていいですか」

「はい」

「あの、これはあの清掃会社の人事の女性に教えてもらったんですが、あなたが何か事件に関わったんだ、と匂わされました」

「あ」

　やっぱり、聞いていたのだ。

「よろしければ、そのことを一橋さんの口からちゃんと説明してもらえないでしょうか。それは僕に『長く刑務所に入っていられる犯罪』を聞いたのと、関係があるんですか」

　桐子はつばを飲み込む。

「よかったら、話してください」

　それで、桐子は話した。今更、失うものは何もないからだ。自分は親友と暮らしていたこと、彼女が死んで何もなくなってしまったこと、雪菜との事件……包み隠さず、一部始終を話した。

「……そういうことだったんですか」

「ごめんなさいね。驚かれたでしょ」

「いえ、あれから一橋さんがどうしたんだろうと気になっていて、清掃会社に電話してまで聞いたんですよ。そしたら、向こうがあの人、悪いことしたんですよ、関わり合いにならない方がいいですよって匂わせてくるから、なんか頭にきちゃって。それはおれが決めることだって、久しぶりにオーナー権限を使って電話番号まで聞き出したんです」

確かに、大口の取引先の社長に訊かれては、断ることもできなかったのだろう。

「事件というのは、そういうことだったんですね」

「ええ、それで、仕事もなくなってね」

「一橋さん」

「はい」

「また、うちの掃除をしませんか」

「ええ？」

「今の清掃会社とは契約を打ち切ります。そして、一橋さんと僕が直接、契約するんです」

「嬉しいお話だけど」

桐子は迷いながら言った。

「それはなんというか、仁義にもとることじゃないかしら。雇ってくれて、仕事を全部教えてくれた社長に申し訳ないわ」

「でも、それは前の会社の方ですよね。桐子さんの話を聞いていると、仁義を切る必要があるのはその社長だけのような気がします。あのビルの掃除、何人いたらできますか」

「まずは一人でもできそうだけど、お休みも欲しいわね。やっぱり二人……できたら三人は欲しいかしら」

「じゃあ、その前の社長も雇えばいい。お給料は前の三倍とは言わないけど、一・五倍出します。時給で千五百円です」

「千五百円!?　そんな、いいの？　私は」

犯罪者なのよ、と言いかけた。久遠は手を振った。

「それは僕が決めることです。それに、不起訴になったんでしょ」

「ええまあ」

「じゃあ、犯罪者じゃないですよ。僕、ミニスカートはどうでもいいけど、トイレがびしっときれいじゃないの、許せないんです。それに、経費も半分になる」

久遠は確かに良い経営者なのかもしれない。


不動産屋の相田から電話がかかってきた。

「大家さんから一橋さんに一度会いたい、というご連絡がありました」

このところいろいろなことがあり、大家のことは忘れがちになっていた。さらに、「大家が忙しい」という理由からしばらく連絡がなかったので、「もしかしたら、そのまま住まわせてもらえるのかもしれない」という希望的観測を密かに持っていた。久遠からの再雇用という話に喜んでいたけれど、考えてみたら住むところがなければ、やはり生きてはいけないのだった。家を追い出されることになったら、「兄貴」の申し出を受けて殺人をするしかなくなるかもしれない。

「一橋さんの都合のいい日をいくつか候補に挙げてくださいとのことです」

「私は今……」

仕事もないし、いつでも暇ですから、と言いそうになって少し迷う。犯罪者で仕事がない人間に家を貸したいという大家がいるとも思えなかった。

「割に時間があるので、大家さんと相田さんの空いているお時間に合わせられると思います」

「わかりました」

相田はいったん電話を切って、二日後の午前中に話し合いの時間を決めてくれた。

その二日を桐子は息を潜めるようにして過ごした。住むところがなくなったら……いくら久遠がいい話を持ってきてくれても、生きていくことができない。兄貴に連絡して、殺人を犯すしかないのだ。

もちろん、それ自体、とても怖いことだけれども、まだ桐子には、殺人というものがぴんとこない。具体的にそのことがよくわからないのだった。

むしろそれ以上に、久遠はびっくりするだろうし、もしかしたらがっかりしてくれるかもしれない。雪菜もさすがに桐子が殺人を犯したら、驚くだろう。

——雪菜ちゃんのご両親はやっぱり、あの女は恐ろしい女だったと思うだろうねえ。娘に近づけないようにして正解だったと。それが少し悔しい。

雪菜はきっと桐子の殺人の意味がわかるだろう。だからこそ、自分を責めたり、悲しんだりしたら、申し訳ないと思う。

——せっかく、あの子があたしをかばってくれたのに、あの子に事件が知られないようにできたらいいのに。

電話番号があるのだから、雪菜には一言だけ「あなたのせいじゃない」と伝えることくらいは許されるだろうか。

思いつめた桐子はほとんど出来心で、深夜にショートメールを送ってしまった。

——お元気ですか。

送信ボタンを押してしまってから慌てた。なんてことをしてしまったんだ、これ、今から消せないかしら、とあわあわしているところに返事が来た。

——桐ちゃん？　もう、なんで早く連絡してくれなかったの？　今、電話していい？話したいことがたくさんあるの。

矢継ぎ早の言葉は、雪菜の息遣いが聞こえるようだった。

――だって、連絡しちゃいけないんでしょ。

――とか言って、もうしちゃったじゃん。

――そうね。

――桐ちゃん、大丈夫？　元気？　あれからどうなったの？　仕事してる？　っていうか、電話していい？　桐ちゃん、メール打つの遅いから待ってられないんだよ。

それを読んでいるうちに、リリリリとスマホが鳴った。

「もしもし？」

ためらいながら、やっぱり出てしまう。

「ずっと心配してたのに、どうして連絡してくれないの？」

「だから、連絡しちゃいけないって。それに、ぬか床のことに気づいたのはついこの間なのよ」

「しかたないから、家に行こうと思ってたんだよ」

「だから、ご両親に」

「あんなの、親じゃないもん。あの人たち、あんなに偉そうにあたしに注意したのに、愛人たちに会ってないの、二週間くらいだったよ。すぐに不倫再開」

思わず、笑ってしまう。

「今日もいないの。娘が事件起こして、傷ついたから会いたい、とか言ってんだよ。あたし、知ってるんだ」

「なんでわかるの」

「バブル世代はセキュリティ、ゆるゆるだからさ。パスワード、自分かあたしの誕生日なんだよ。だから、すぐわかる」

それは愛情の証だと言いたかったが、言わなかった。確かに、二週間で不倫再開はひどい。

「あれから、どうなったの？　仕事は？」

「実は」

桐子は事情を話した。

「ごめんね、桐ちゃん。あたしのせいだよね」

雪菜は小さな声で謝った。

「本当は親の不倫再開の時に、桐ちゃんに会いに行きたかったんだけど……桐ちゃんが怒ってるかもしれないと思って、できなかったんだ」

「怒るわけない。雪菜ちゃんが私のことを思ってやってくれたことじゃない。むしろ、巻き込んじゃったことをずっと悔やんでいたのよ」

「そんなことないよ。親には一応、思い知らせてやったんだし、あたしにとっては半分は当初の目的は果たしたんだし」

「でもね、私が……」

「お互い、いつまでも譲り合って、謝りあってもしかたないじゃん。喧嘩両成敗《けんかりょうせいばい》っていうか、誘拐両成敗ってことにしない？」

雪菜はなんでも話が早く、明快だ。また桐子は笑ってしまう。本当に雪菜といると笑うことが多い。

雪菜は自分のことを次々に話した。学校には今回のことは連絡がいって一部の先生には知られていること、親は内申書を気にしているが、教師たちは雪菜の家の事情を知って雪菜の方が同情されていること、あんなことを起こしても変わらない学校生活であること。

桐子もこれまでのことを話した。不動産屋と大家に呼び出されての話し合いをすることや久遠から清掃の仕事に誘われたこと……とても迷ったけれど、兄貴からの殺人のオファーについてはさすがに話せなかった。

「久遠さんから掃除の仕事を頼んでもらえそうだって、ちゃんと話した方がいいよ！　仕事があれば、今までみたいに家を貸してくれるかも」

「そうね。だけど、向こうが犯罪者なんてダメだって言うかもしれないし、どちらにしろ保証人が必要になるわけだから」

「ああ、あたしが大人だったらいいのに！　そしたら、保証人になれるのに」

雪菜がそう叫んでくれて、桐子は胸がいっぱいになった。

「そう言ってくれるだけで嬉しいわ」

「早く大人になりたいよ、そして、この家から出て行きたい！」

十二時を回ったので、桐子は雪菜をなだめて、電話を切らせた。

布団に入りながら考えた。家から出て行きたい、と言った雪菜……それは本当なのだろうか。本当に出て行きたいなら、あんな誘拐事件は起こさなかったはずだ。心休まる家なら、出て行きたくないいんじゃないか……いずれにしろ、雪菜が不憫だった。


「できた」

大家と会う日の朝、桐子は小さな声を上げた。そして、手に持っていた針を針山に刺し、ソーイングセットに納めた。

門野と会うことが決まってから、ふと思いついて、トモの家からもらってきたシルクのスーツを自分のサイズに直していたのだった。

とはいえ、むずかしいことはできない。スカートを自分の丈にし、ジャケットの袖を詰め、肩のところも少しだけほどいて縮めた。ミシンはないので、すべて手縫いで仕上げた。桐子とトモは、身長こそ違ったけれど、幸い、細身の体型は似通っていたから、それだけでそうみっともないことにはならなかった。

——少し上着の丈が長めだけれど……まあ、こういうデザインなのだと思ってもらいましょう。

スーツを着て、久しぶりにストッキングに脚を通した。それだけで、トモに守られているような気持ちになる。

——大家と話すだけなのにあまりにも豪華に着飾っていると思われるかしら。そのままとっておいても良かったけれど、こんなことでもないともう着る機会もないし。

こんなおめかしをするのはこれが最後かもね、とつぶやきながらドアの鍵を閉めた。

駅前のささやかな商店街の一角に相田が勤める不動産屋はある。絞首刑台に乗るような気持ちで自動ドアを開いた。

「ああ、いらっしゃい」

入り口を入ったところの右に若い女性が受付代わりに座っているが、彼女より奥にいた相田が声を上げた。

「すみません、一橋さん、ご足労いただきまして」

一見、親しげで丁寧な声をかけてもらっても、桐子はうまく微笑めなかった。

「大家さん、いらっしゃってますよ」

不動産屋には三つのブースがあり、それぞれで打ち合わせができるようになっている。彼女は一番奥に通されているようだった。

「遅れてすみません」

桐子が恐縮して、小さい声で謝ると、「いえ、時間通りですよ」と相田が言葉を添えてくれた。

奥のブースに頭を下げたまま、入っていく。怖くて、大家の顔がなかなか見られなかった。

「わざわざ、すみません」

予想に反して明るい声が聞こえて、おそるおそる顔を上げると、桐子と体型がそう変わらない小柄な若い女が立っていた。トモの葬式で会って以来だった。

「ありがとうございます」

大家の前に桐子が座り、その隣に相田が腰掛けた。事務の女性がすぐにお茶を持ってきてくれた。

「お久しぶりです。一橋さんには前の二丁目の家の時からお世話になっていまして」

「いえ、こちらこそ、大家さんにはお世話になっています」

「宮崎知子さんは残念でしたね」

「あ、ありがとうございます」

「宮崎さんさえいらっしゃれば、今頃も一橋さんたちにはあの家に住んでいただきたかったんですけど」

そう言ってもらえるのはありがたいことだが、もうしかたないのだ。

トモは死んでしまったのだから。

「ええ、ご親切に、ありがとうございます」

トモはもう死んでしまった。でも、自分は生きている。

「それで、今後のことですが」

「はい……」

「まずは保証会社のことですよね」

相田が口火を切る。

「他の保証会社を探すか、誰かに保証人になっていただく必要があります。どなたか、なってくれそうな人はいませんか」

「……それは……まだ」

二人はしんと黙ってしまった。桐子が顔を上げると、困ったわね、と言う表情で目配せをしているのがわかった。

「では……」

「でも、仕事のあてはあるんです！」

桐子は声を張った。

「実は、前に清掃していたビルの社長さんが声をかけてくれまして」

桐子は久遠から相談された仕事の件について話す。

「それはいいですね」

大家はうなずいてくれた。

「ですので、お家賃は払えると思います」

「それはいいことなんだけど、ただね、一橋さん、やっぱり、誰かに保証人になってもらえないとね……ああいうことがあると保証会社のブラックリストに載ってしまって、なかなか普通の保証会社ではむずかしいと思うんですよ。誰か頼めそうな人はいませんか」

桐子はまたうなだれてしまう。やっぱり、無理なのか。

「いないのなら……」

その時、後ろの方で店の自動ドアが開き、来客を知らせるチャイムが鳴った。「いらっしゃいませ」と事務の女性が言っている声まで聞こえてきた。

「あの！　一橋桐子さんは来てないですか！」

若い女性社員、それよりもさらに若い声が自分の名前を言っているのが耳に入ってきた。

「桐子さん、来てないですか!?　あたしは」

桐子が慌てて立ち上がって、振り返ると、そこには雪菜と……その後ろに若い男、久遠が立っていた。

「雪菜ちゃん、どうしたの……久遠さんまで、なぜ」

「桐ちゃん！」

雪菜が、桐子たちがいるブースに駆け寄った。

「あたし、ちゃんと証明しようと思って！　桐ちゃんがちゃんと働いて、お家賃を払えるって証明しようと思って。それで、桐ちゃんが働いていたビルに行って、この人連れてきたの」

雪菜は久遠を振り返ると、彼の手首のあたりを取って引きずるようにテーブルのところに連れてきた。

「雪菜さんに強引に連れてこられまして」

彼は苦笑した。

「今、来ないと、桐ちゃんに掃除を頼めなくなるかもよ、って言われたんです」

「まあ、すみませんねえ」

「ああ、じゃあ、皆さんどうぞ、こちらに」

一連の騒動から相田が最初に立ち直って、二人に椅子をすすめた。

「雪菜ちゃん、学校はどうしたの？」

「早退してきた。だって考えていたら、居ても立っても居られなくなったの、あたし。自分のせいで桐ちゃんが犯罪者に……未遂だし、不起訴だけど、そうなってしまって、本当に申し訳ないと思って」

雪菜が大家の門野の方に向かった。

「こちらが大家さんですか」

「はい」

彼女は少し微笑んで、雪菜を見た。

「あたしなんです。桐ちゃんが誘拐したの、あたしなの。だから、全部話すけど」

「警察と一橋さんからだいたいのことは聞いています」

門野はうなずいた。

「相田さんから説明があったかもしれませんが、私や相田さんも警察から連絡があって、一橋さんの人となりなんかを聞かれたんです」

「その節は……申し訳ありませんでした」

桐子は小さくなって謝った。

「いいえ、まあ、私は仕事柄、そういうこともあまり気にしないので、大丈夫です」

そして、門野は言った。

「ちょっと仕切り直しをしましょうか。つまり、こちらの久遠さん？　久遠さんという方が一橋さんのことを今後もお掃除の仕事で雇うということは決まっているのですか？」

久遠は椅子から立ち上がり、胸ポケットから名刺を取り出して、門野と相田に渡した。

「こういう事情になっているとは知らなかったのですが、今、頼んでいる清掃会社が合わないので、一橋さんに来てもらおうと思って相談していたところなんです。例えば、午後の時間……十三時から十七時まで四時間を週五日、一ヶ月に二十日間ほど働いていただけると、十二万ほどになります。それなら年金と合わせて、十分生活できるのではないですか」

桐子はちょっとだけ身を乗り出した。

「それだけあれば、十分ですし、身体もずいぶん楽になります」

「なるほど」

門野が相田の方を見てうなずいた。

「実は私たちも、一橋さんについてはいろいろ話し合っていました」

桐子はどういうことかわからずに、彼女の方を見た。

「まずは、一橋さんが清掃のお仕事をされている、ということで、今のアパートの掃除をお願いしようかと思っていました。特別にこの時間、と決めていただかなくてもいいのですが、廊下や庭の共用部分、それからゴミ捨て場ですね、そういうところを週に一度くらい掃除してもらえれば」

「あ、それなら」

桐子は思わず、言った。

「今もやってますよ。毎日じゃないですけど、気がついたら、廊下とかは掃いてます」

「ええ、実はそれ、最近、気がついたんです。私も時々、アパートの見回りはしていて、このところ、きれいになっているな、って思ってたんです。アパートの他の住人の方に聞いたら、どうも一橋さんにやっていただいてるらしい、と」

「ええ。そのくらいなら別に。部屋の前を掃いたついでですから」

「それで、お礼をしなくてはと思っていたんです。私から改めて掃除をお願いするので、アパートのお家賃を五千円お安くさせていただきますが、いかがでしょう」

「まあ」

有り難かった。これまでとほとんど同じようなことをするだけで、月に五千円も家賃が安くなるのだ。

「いいんですか」

「一橋さんが来ていただいてから、急にアパートがきれいになってこちらも助かっていました。私も東京に住んでいますから、たびたびは来られないので。それから、これは久遠さんのことをお聞きする前に考えていたのですが」

門野が相田を見てうなずく。合図のように彼が話し出した。

「生活保護の申請をしたらどうか、と話し合っていたのです。申請をして、年金の足りない分を国と地方から出してもらうことを提案しようかと。それなら、このあたりの民生委員さんやケアマネージャーさんを付けてもらって、一橋さんの様子を見てもらうこともできます」

急にいろいろな道が拓《ひら》けたようで、桐子はぼんやりしてしまう。

「そんなことまで考えていただいていたのね」

桐子は雪菜を見る。彼女も、自分だけでなく、大家や不動産屋も桐子の処遇を考えていたのだと知ったのが意外だったのか、半ば口を開けて二人の話を聞いていた。

「ありがとうございます。本当に有り難いです」

「でも、一橋さんがまだ働きたい、ということであれば」

「はい。働けるうちは働きたいです。久遠さんのところのビルも好きですから」

「じゃあ、働き口は僕が面倒を見させてもらう、家の方は大家さんと不動産屋さんにお願いする、そして、一橋さんのケアは……」

久遠が雪菜を見る。

「あたしが見ます！　あたしが時々、桐ちゃんの部屋に行って確認する」

「でも、お父様やお母様がお許しにならないわよ」

「あたし、ちゃんと話す。今度は自分の人生や桐ちゃんのこと、もう一度、ちゃんと話してみる」

雪菜は桐子の腕を取って、揺すった。

「よかった、桐ちゃん、よかったね」

「君が一橋さんのことを考えて、僕のところまで来てくれたおかげだよ」

久遠は一瞬、ためらった後、雪菜の肩をぽん、と叩いた。

「正直に言って、僕が一人で桐子さんの世話を全部見られるかと言ったら、それは少しむずかしいです。ごめんね、一橋さん」

久遠が桐子に言った。わかってるわよ、というように桐子はうなずいて見せた。

「だけど、こうして、僕、大家さん、不動産屋さん、雪菜さん、と何人かで一橋さんのことをバックアップするということならできると思う」

そして、久遠は言った。

「保証人には僕がなりましょう。そのくらいなら何も問題ありません」

「ありがとうございます」

門野がお辞儀した。

「それから、今のところ、差し迫った必要があるわけじゃないですけど、地域の民生委員さんやケアマネージャーさんにも声を掛けておきましょう。今後、一橋さんが身体を壊した時なんかにお世話になるかもしれませんし……」

門野は桐子の顔色を見ながら言った。

「一橋さんが働けなくなったら、さっきも言ったように生活保護もあります。そう、思い詰めないで、いつでも相談してください」

彼女は雪菜に言った。

「さあ、あとは大人に任せて。あなたはこれまでのように、一橋さんと仲良くしてくれれば十分よ」

門野は何気なく口にしたようだったが、その言葉は魔法だった。雪菜はしばらくぼんやり彼女の顔を見たあと、何かが崩壊したようにわあっと声をあげて泣き出した。


桐子はアパートの敷地の片隅に、リラの木を植えた。

許可は不動産屋で門野に会った時に取っていた。リラの木を持ってきてくれたのは大家さんですか、と尋ねると、そうだという返事だったので、地面に植えさせてくれませんか、とお願いした。

しばらく迷った後、門野は「いいでしょう」とうなずいた。

「ただ、あまりに大きくなり過ぎたり、一橋さんが退去したりしたら、切ったり、抜いたりするかもしれませんが、それはかまいませんか」

「もちろんです。仕方ありません」

小さく穴を掘ってリラの木を埋め、軽く土をかけた。

――トモ、リラの木さん、私はここに住んでいきますよ。見守ってくださいね。

前夜、自分が昔、トモに書いた手紙を読み返していた。

「夫も子供もいない私の将来がどうなるのかと思うと不安です」

そんな弱音を度々、吐いていた。

きっとトモはそれを覚えていて、同居を提案してくれたのだろう。

——ありがとう、トモ。

三笠は結局、沖縄の息子のところに引き取られて行ったらしかった。「俳句の会」の方に連絡があったらしい。

「あんなに揉《も》めてたのに、息子さんはともかく、そのお嫁さんやご両親は三笠さんを意外にすんなり受け入れてくださったそうですよ。大家族の中で楽しくやっていかれるかもしれません」

明子はそう言って、話を締めた。

——どうだろうか、あの三笠さんが大家族？　でも、そこしか行くところがなければ、しかたない。人は結局、収まるところに収まるのかもしれないね。

三笠とは挨拶もできなかったけど、今はもう未練はない。

私もここで生きていくしかないのだから。

リラの木の根元をぎゅっと押さえながら、桐子は思った。

「そうですか」

前にも会った公園で、「兄貴」に自分の今後のことを説明した。

「……あなたにせっかくオファーいただいたのに、お断りすることになって申し訳ないんだけど」

「いえ、大丈夫です。あなたがダメなら、私はまた別の人を探すだけですから」

「すみません」

相手を殺すのを断って謝るというのもなんだかおかしなことだと思いながら、桐子は言った。

前と同じように子供たちが遊んでいる。今日は同じ形の帽子をかぶっている子供が三人いて、その母親と思われる人たちが傍《そば》でおしゃべりしていた。帽子がお揃いなのは同じ幼稚園か保育園に通っているからなのかもしれない。

「……ではやはり、気持ちは変わらないんですか。自殺……殺されたい、という気持ちは」

桐子は尋ねた。

「はい」

まったく躊躇《ちゅうちょ》なく、はっきりとした答えが返ってきた。

「ご家族やお友達に今の気持ちをきちんと話して、お医者さんにもご相談して、なんとか痛みや苦しみのない治療ができるようにしたらどうでしょう」

彼の横顔を盗み見ると、苦笑していた。

「なんのお役にも立てないかもしれませんが、私もお友達になりますよ。最後まで一緒に付き合います」

「いい加減なこと、言わないでください」

ぴしゃりと言い返された。

「自分の未来がちょっと保障され、明るくなったからと言って、ずいぶんと上から目線ですね」

「そんなつもりじゃ」

彼は怒って立ち去るかと思っていたが、なぜかそうしなかった。

「……その家族が信用できないんです」

代わりに、彼はうめくように言った。

「え」

「何より、妻は私を憎んでいる。心の底から憎んでいる」

「そんな」

「最期は楽に死なせてほしい、と頼んでおいたって無駄なんです。たぶん、私が死ぬ間際で身体を動かせないようになった時にこれまでの復讐をしてくるはずだ」

まさか、と言おうとしたが、トモのことを考えた。確かにそういう夫婦もいるのかもしれない。

「ぎりぎりまで生かし、苦しませる選択をするでしょう。周りには献身的な妻を装って」

　そこまで恨まれることをしてきたのだろうか。

　人の死……特に、老人の死というのは結局、これまでの人生の答え合わせなのかもしれない。もちろん、桐子自身だって、どんな死を迎えるのかまったく予測はつかないのだ。

「もう離婚をする時間もありません。それでも、あなたは私に死を待てというのですか」

　桐子は答えられなかった。

　彼は杖をついて立ち上がった。自分の脚がもつれたのに苛立《いらだ》って、杖で脚を叩き、罵《ののし》って歩き出した。その後ろ姿に声をかけた。

「本当にそういうことになったら、その時には私が殺してあげる」

　彼が一瞬、止まった。

「その時になったら殺してあげる、と約束するのではいけませんか。それまでは生きるということにしませんか」

　彼はふり返りもせず、歩き出した。

「もし、気持ちが変わったらご連絡ください」

桐子は公園を横切って去っていく彼の後ろ姿を見つめた。それはどんどん小さくなって、すぐに目の前で遊ぶ子供たちと重なって見えなくなった。

参考文献

『老人たちの裏社会』新郷由起　宝島社
『万引き老人』伊東ゆう　双葉社
『熟年売春』中村淳彦　大洋図書

文庫版解説、あるいは老人初心者（64）の感想

永江朗（フリーライター）

『一橋桐子（76）の犯罪日記』は刑務所に入りたいと願っている76歳の女性の物語。随所に笑いをちりばめた長編小説ですが、現代日本の高齢者が直面する諸問題について巧みに描いています。1958年生まれ、満64歳の老人初心者として感じたことや考えたことを述べましょう。

桐子さんは一緒に暮らしていた親友が亡くなり、天涯孤独の身となりました。未婚で子供はなく、両親もすでに他界しています。唯一の肉親である姉とは不仲。いまは清掃のパート勤めです。

桐子さんには不安がたくさんあります。まずお金の不安。同居していた両親を介護するために離職してしまったため、受け取る年金はわずかです。支援してくれる人もいません。パートで得られる収入は少なく、余裕がありません。何かあったらたちまち困窮《こんきゅう》してし

まいます。

お金に困っている高齢者の話はよく聞きます。スーパーマーケットでは見切り品を買うか買うまいか迷っているお年寄りの姿も見かけます。ぼくは64歳ですが、まだ働いています。こうして文章を書いてお金をいただいている。しかし、いつまで働けるのかはわかりません。注文仕事ですから依頼がなくなれば収入も途絶えます。桐子さんの不安は他人事《ひとごと》ではありません。仮に桐子さんと同じく76歳まで生きられたとして、そのときのぼくに原稿執筆を依頼してくださる方がいるとは思えません。出版という産業そのものがどうなっているのか予想できません。ああ、どうやって食べていこう、長生きしちゃったら。掃除はけっこう得意だから、桐子さんのように清掃パートに行こうかな。雇ってくれる会社はあるかな。

もっとも、聞くところによると、お金というのはいくらあれば安心できるというものでもないようですね。億単位なら違うんでしょうが、仮に貯金が2千万円あっても、それが目減りしていくのが不安でしょうがないそうです。死ぬ前に使い切っちゃったらどうしよう、と。それに、お金持ちは出て行くお金も多い。議員なんか引退した後が大変だっていうじゃないですか。しょっちゅう冠婚葬祭《かんこんそうさい》に呼ばれて、そのつどご祝儀不祝儀を包まなけりゃならない。会社の重役だった人なんかもそうでしょうね。桐子さんは介護離職したために、会社員としてのキャリアは途絶えてしまい、それはそれで気の毒ですが、もし離職せずに定年まで勤め上げていたとしても、その後の交際費などで出費がかさみ、お金の不安があったかもしれません。

子供がいるから安心、ということでもないようです。老後も子供には頼らないという人が増えているよう。いや、「頼らない」じゃなくて「頼れない」なのか。あるいは子供の側が「頼らないでくれ」と思っているのか。頼る気満々でいると毒親呼ばわりされる可能性もあります。二世帯同居が幸福とも限らない。スープが冷めきる距離がいい、なんていう人もいます。

お金と並んで大きいのが住居の不安。老人に喜んで部屋を貸してくれる家主はなかなかいません。ぼくは45歳のときに家を建てました。そのときの顚末《てんまつ》は本にも書いたことがあるのですが、家を建てたいちばんの理由は、フリーライターに家を貸してくれる大家さんがいないからです。引っ越しのたびに苦労してアパートを探しました。フリーランスだというだけで不動産会社からかなり理不尽なことも言われました。30代のころは一生賃貸に住もうと思っていましたが、持ち家派に転向しました。土地を買って家を建てたのですが、不動産というものは借りるよりも買う方がはるかに簡単。フリーライターだからといって蔑《さげす》まれることもありません。

賃貸住宅に住んでいる場合は、家賃を払えなくなったらどうしよう、更新料はどうしようという不安があります。アパートが老朽化して建て替えることになるかもしれないし、家主が変わる可能性もあります。

持ち家なら安心というわけでもありません。家には維持費がかかります。エアコンや給湯器をはじめ家電製品には寿命があります。マンションであれば管理費や修繕のための積立金も払わなければなりません。

桐子さんはお元気ですが、歳《とし》をとってくると健康の不安もあります。ぼくや妻の両親を見ていても、晩年はしょっちゅう医者にかかっていました。なかなかピンピンコロリとはいかない。

ぼくは62歳のときにアキレス腱を切って3週間ほど入院しましたが、高齢者が圧倒的に多いのに驚きました。圧迫骨折とか、人工股関節への置換とか。スポーツでケガをした高校生や大学生もいましたが、彼らは回復が早いので、あっというまに退院していきます。深夜は何度もナースコールが鳴り、そのたびに夜勤の看護師が駆けつけます。「どうしました？　痛いの？　苦しいの？」という看護師の問いかけに、「眠れなくてねえ」とか「なんだか心配で」と訴える老人の声が聞こえてきました。

このナースコールについて気づいたことがあります。夜勤の看護師は毎日変わります。

そして、看護師の性格はいろいろ。幼い子供に接するようにやさしく「どうしたの？　苦しいの？」とささやきかける看護師もいれば、「ハイッ！　○○さん。どうしました？」とテキパキ系の看護師もいる。看護師のタイプによってナースコールの頻度が違うのです。やさしい系看護師の夜はしょっちゅうナースコールが鳴って、看護師が急ぐ足音が聞こえてきます。テキパキ系看護師の夜はナースコールが少ない。老人たちは甘える相手を選んでいるようです。

孤独というのも難しい問題です。桐子さんは介護していた両親が亡くなって、姉とは不仲になり、甥姪《おいめい》とも音信不通状態になりました。そして共同生活をしていた親友も亡くなってしまった。いざというとき頼る人がいないというのは心細いものです。ぼくは妻とふたり暮らし。子供はいません。それぞれの両親はすでに他界しました。ぼくは妹が北海道に、姪と甥が、北海道と九州にいます。桐子さんのようにきょうだい不仲というわけではありませんが、法事でもなければ顔を合わせることもありません。ちょっと入院するぐらいでは、たぶん妹や姪たちに連絡することもないでしょう。

桐子さんは姉と不仲になりました。離職までして両親の介護をしてきた桐子さんには理不尽に感じられるけれども、お姉さんにはまた別の思いがあるかもしれません。自分は結婚して子育てだけでなく夫の両親の介護まで引き受けているのに、妹は年金暮らしの両親に寄生して、とかなんとか。

でも、桐子さんは完全に孤独かというと、そんなことはありません。俳句のサークル活動に加わっているし、清掃パートの現場で仲良くなった人もいる。コンビニで知り合った高校生の雪菜《ゆきな》もあれこれ助けてくれます。むしろそれがこの小説のキモの部分で、絶望して刑務所に入りたいと思った桐子さんは、血縁ではない友人知人たちに助けられていきます。老後はお金よりも人とのつながりの方が重要だといろんな人が指摘していますが、まさにそうですね。

この小説では高齢者の恋愛や同性婚についても考えさせられます。桐子さんがひそかに憧《あこが》れていた隆《たかし》の恋愛騒動がユーモラスに語られていますが、高齢者の恋愛は若者の恋愛とは違った困難があります。若者の恋愛に親が反対することはよくありますが、親の恋愛に反対する子供はもっと多いでしょう。感情的な問題以外に、財産問題がからむだけに複雑です。子供たちからすると、相続を期待していた財産が減ってしまうわけで。親は相手から欺《だま》されているんじゃないかと疑いもする。実際、隆さんのように欺される人もいるわけで。

桐子さんと亡くなったトモこと知子《ともこ》さんは、共同生活する親友で、そこに恋愛感情はなかったようですが、トモが死んでしまうとトモの息子たちは桐子さんをまるで赤の他人のように扱います。遺産どころか形見分けもしてくれない。これは同性婚の当事者たちが抱えている問題と同じです。日本ではまだ同性婚が認められていません。そのため同性パートナーが亡くなったときは赤の他人として扱われてしまう。死に目にもあえず、葬儀に参加できないことすらあります。そのため養子縁組などをするカップルもあります。桐子さんにとって知子さんは恋人ではないけれども、姉や甥姪よりも強い絆で結ばれた仲でした。しかしそこに法的な位置づけはない。血縁関係だけで物事を決める現在の制度にはいろいろと不備なところがありますね。

桐子さんは清掃パートの仕事を失いそうになります。わずかな年金とパートの給料が桐子さんの支えですから深刻です。しかし桐子さんが受けたショックは経済的な不安によるものだけではないと思います。働くことで自分は誰かの役に立っているという気持ちが桐子さんにはあったはず。働けなくなることは、社会貢献できなくなること。会社から「もう来なくていい」と告げられるのはプライドを傷つけます。

身のまわりの高齢者を見ていても、自分は役に立たない存在になったと悲観している人が少なくありません。「これまでじゅうぶん働いたんだから、あとは遊んでいてください」といっても慰めにはならないようです。労働イコール苦役では（必ずしも）ないのです。人はいくつになっても、自分は誰かの役に立っている、社会の一員であると実感していたいのだと思います。

本書は終《つい》の棲家《すみか》を刑務所に見いだそうという荒唐無稽《こうとうむけい》(でもないんですよね、最近は)な小説ですが、高齢化社会の現代への投げかけ、そして示唆《しさ》するところはたくさんあります。役人や政治家にもぜひ読んでもらいたいものです。

二〇二二年　六月

この作品は２０２０年11月徳間書店より刊行されました。
なお本作品はフィクションであり実在の個人・団体などとは一切関係がありません。

徳間文庫

一橋《ひとつばし》桐《きり》子《こ》（76《ななじゅうろく》）の犯罪《はんざい》日記《にっき》

2022年8月15日　初刷

著者　原《はら》田《だ》ひ香《か》

発行者　小宮英行

発行所　株式会社徳間書店

東京都品川区上大崎三―一―一　〒141―8202
目黒セントラルスクエア

電話　編集〇三（五四〇三）四三四九
販売〇四九（二九三）五五二一

振替　〇〇一四〇―〇―四四三九二

印刷
製本　大日本印刷株式会社

ISBN978-4-19-894769-9